KU-421-028

LE PAYS
DU LIEUTENANT
SCHREIBER

Le roman d'une vie

DU MÊME AUTEUR

La Fille d'un héros de l'Union soviétique, Laffont, 1990.

Confession d'un porte-drapeau déchu, Belfond, 1992.

Au temps du fleuve Amour, Le Félin, 1994.

Le Testament français, Mercure de France, 1995 (prix Goncourt, prix Goncourt des lycées, prix Médicis).

Le Crime d'Olga Arbélina, Mercure de France, 1998.

Requiem pour l'Est, Mercure de France, 2000.

La Musique d'une vie, Seuil, 2001.

La Terre et le Ciel de Jacques Dorme, Mercure de France, 2003.

La Femme qui attendait, Seuil, 2004.

Cette France qu'on oublie d'aimer, Flammarion, 2006.

L'Amour humain, Seuil, 2006.

Le Monde selon Gabriel, Ed. du Rocher, 2007.

La Vie d'un homme inconnu, Seuil, 2009.

Le Livre des brèves amours éternelles, Seuil, 2011.

Une femme aimée, Seuil, 2013.

9114

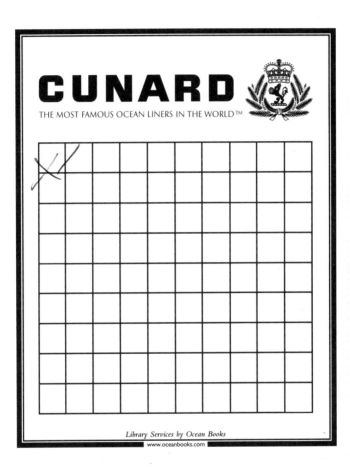

CUNARD

THE MOST FAMOUS OCEAN LINERS IN THE WORLD™

Library Services by Ocean Books

www.oceanbooks.com

ANDREÏ MAKINE

LE PAYS
DU LIEUTENANT
SCHREIBER

Le roman d'une vie

BERNARD GRASSET
PARIS

Photo de la bande : © JF Paga / Grasset

ISBN : 978-2-246-81037-7

Tous droits de traduction, de reproduction et d'adaptation
réservés pour tous pays.

© *Éditions Grasset & Fasquelle, 2014.*

Je dédie ce livre à tous les frères d'armes du lieutenant Schreiber, à tous leurs proches

I

Un siècle, une vie

Un homme debout

Il s'appuie sur les accoudoirs de son fauteuil, les serre avec force, commence à se redresser, dans une élévation lente, un arrachement graduel à la pesanteur. L'expression de ses yeux trahit une pointe de dépit : ah, ce corps qui n'obéit plus avec la vivacité d'autrefois.

Ce soir, trop ému, j'ai dû sans doute monter l'escalier plus vite que d'habitude et c'est ainsi qu'à présent, je le surprends dans cet effort entravé.

Les fois précédentes, il m'avait accueilli, debout, au milieu de son salon – une silhouette incroyablement svelte pour son âge, un sourire bref, fait pour saluer un ami, non pour jouer aux mondanités. Une poignée de main ferme, sèche. Son physique rendrait d'ailleurs difficile la comédie mondaine : un visage carré, des cheveux blancs en brosse, un crâne en facettes de silex, la ligne dure du nez, un air de parenté avec Kirk Douglas, dans *Spartacus*...

Je m'attarde dans l'entrée pour lui laisser le temps de se lever, de quitter son bureau, de venir au salon. Le voir lutter contre le fardeau de son corps me fait mal. Il m'est facile de trouver une justification à la lenteur de ses mouvements. Oui, l'âge : quatre-vingt-douze ans ! Et cet accident cardiaque qui, il y a quelques mois, lui a valu un séjour au Val-de-Grâce. Mais surtout, nous sommes en août, la chaleur parisienne, un temps lourd, sans un souffle.

Ces explications ne disent qu'une part de la vérité. La douleur que j'éprouve en regardant le vieil homme se redresser a une autre raison.

Aujourd'hui, je lui apporte une bien mauvaise nouvelle.

C'est la crainte de le blesser qui me plonge dans un temps ralenti où chaque geste semble durer de longues minutes – le moment où le canevas de sa vie défile dans ma pensée.

... Jeune officier, la bataille de France, mai-juin 1940, 4ᵉ régiment de cuirassiers, Belgique, Flandres, Dunkerque, duels de chars, résistance désespérée mais tenace, mort de camarades, missions dans les lignes allemandes, nouveaux combats – dans l'Eure, première blessure, renvoyé de l'armée, car juif, fuite en Espagne, prison, camp de concentration, Maroc, Algérie, 5e régiment de chasseurs d'Afrique de la 1re DB, débarquement dans le Midi, libération de la France, victoire fêtée dans les montagnes de Bavière, non loin du Berghof, le « nid d'aigle » d'Hitler...

C'est ce même soldat, ce même homme qui est en train de se relever, à présent, de son fauteuil. Un soir d'août, 2010.

Et c'est à lui que je vais devoir annoncer cette nouvelle : sa vie n'intéresse plus personne ! Sa guerre n'éveille aucun souvenir, ses camarades tombés au champ d'honneur sont effacés de toutes les mémoires, lui-même n'est plus que ce vieillard qui, péniblement, se remet debout.

Le lieutenant Schreiber.

Le livre qu'il a consacré à sa jeunesse a été édité en mai, il y a trois mois. Délai fatal au bout duquel toute publication, faute de succès, disparaît des librairies. Depuis la sortie de son récit, nous avons guetté le moindre écho, un compte-rendu, une interview, un entrefilet... Rien. Nulle part. Aucun article dans l'un des journaux « de référence », pas un signe d'intérêt sur les ondes ou sur les écrans.

L'indifférence totale, plus efficace que la censure totalitaire.

Et maintenant – l'exécution sommaire qui frappe tous les ouvrages inaptes à percer l'étouffoir : le pilon. Un petit volume empli de souffrances, de joies, d'espoirs, ces pages habitées par des héros humbles et magnifiques, les soldats morts pour la France, ces mots si simples et qui sonnaient si juste – tout cela va être déchiqueté, broyé, transformé en poussière de papier, une pâte grisâtre, prête au recyclage.

« La couverture de son livre y passera la première », me dis-je et je revois, en pensée, cette photo : 1944, à la tourelle de son char, le jeune lieutenant Schreiber scrute une plaine enneigée, quelque part en Alsace, un visage à la fois juvénile et endurci par les atrocités vécues.

C'est ce visage qui va être lacéré, laminé, émietté par la machine tueuse de livres.

Une vie que six ans de guerre n'ont pu détruire sera anéantie en quelques secondes.

La peine ressentie est si vive que je m'engouffre dans le salon sans plus attendre. Le vieil homme vient à ma rencontre, me serre la main, sourit avec une ombre de lassitude au fond du regard.

L'orage a fini par éclater, au loin, envoyant sur Paris non pas ses foudres mais juste ce vague grondement et une pluie au bruit régulier, sommeilleux, un crépuscule légèrement doré. Les fleurs sur le balcon, ternies par la chaleur, retrouvent leurs coloris.

Nous n'allumons pas, gardons le silence. J'espère qu'il se mettra à évoquer, comme toujours, les années de sa jeunesse, se tournant tantôt vers l'une des photos qui tapissent les murs, tantôt vers ce petit modèle d'un Sherman, le blindé à bord duquel il a combattu – en fait, l'un des chars parmi ceux que, brûlés ou percés d'obus, il a dû abandonner sur les routes de la guerre. Résonneront des noms qui ne disent plus rien à personne et dont je connais désormais l'importance dans le destin du jeune soldat Schreiber : le lieutenant-colonel Poupel, le capitaine Hubert de Seguins-Pazzis... Et aussi des noms célèbres, des hommes illustres qu'il a rencontrés (de Gaulle, de Lattre...) et qui, grâce à ses paroles, quitteront pour quelques minutes leur piédestal de statues. Puis des noms de villages, dans les Flandres, en Normandie, dans le Gard, en Bourgogne, des lieux où son souvenir distingue encore ce peloton de chars sous le feu de l'ennemi, ce camarade blessé qu'il parvient à soustraire à la mitraille, cette jeune Alsacienne, dans une ville libérée, qui pousse un cri de joie : « Maman, dans la grand-rue, on parle français ! »

Ces fragments d'un pays brisé, de cette France qu'il aime tant et que lui et ses compagnons d'armes, jour après jour, tentaient de recoller avec leur sang.

J'attends ce récit pour pouvoir, à mots couverts, en prenant mille précautions, lui annoncer la nouvelle de l'échec : dans quelques jours, son livre auquel nous avons tellement cru n'existera plus. Je le dirai autrement, j'emploierai des euphémismes et des litotes, j'avancerai par paliers, je relativiserai, je noierai le poisson. Depuis des semaines, pressentant le dénouement, je réfléchis à la façon d'atténuer le choc. Je me sens partiellement responsable de cette déroute – c'est sur mes conseils que le vieux soldat avait décidé de rédiger ses Mémoires... Comme à chacune de nos rencontres, nous parlerons de cette chronique de guerre et il me sera alors facile d'exprimer quelques regrets de circonstance : nos contemporains, hélas, s'intéressent surtout aux championnats de football et de tennis, les médias préfèrent des ouvrages légers dont on peut parler ayant juste parcouru la quatrième de couverture… Votre bataille de France, mon lieutenant, pensez donc !

Mais le vieil homme reste silencieux. Dans la lumière pâlissante du soir, son profil se découpe avec une netteté dure, altière. Ces yeux aux paupières fatiguées expriment pourtant un détachement presque tendre, souligné par le dessin légèrement souriant des lèvres, l'abandon de ses mains, immobiles sur ses genoux.

Soudain, très clairement, je comprends qu'il n'a pas besoin de messager pour deviner ce qui arrive à son livre. Une défaite ? Il en a vécu quelques-unes durant sa longue vie. Il connaît leur approche sournoise, leurs manœuvres de carnassier autour de votre existence, et puis – l'attaque, l'impossibilité de trouver la parade, l'épuisement rapide de l'espérance. La chute. Et le devoir de se relever, de recommencer à lutter. Il a toujours agi ainsi. Se battant, tombant, se remettant debout. Mais aujourd'hui, il doit se dire qu'à son âge, les forces lui manqueront pour engager un dernier combat.

Il redresse la tête et, suivant son regard, je retrouve ce reflet du passé abrité au milieu de sa bibliothèque – une photo, à peine plus grande qu'une photo d'identité. Je l'ai déjà vue, je connais ce cliché, teinté de gris, une photo un peu ratée car la jeune femme qui posait n'avait justement pas eu le temps de prendre la pose. Elle a la tête inclinée vers l'avant, dans le mouvement interrompu vers l'objectif, un sourire naissant, une main rendue floue par un geste brusque – sans doute s'apprêtait-elle à rajuster ses boucles sombres soulevées par le vent. Une robe noire, la ligne claire et fine d'une clavicule que laisse entrevoir l'échancrure du col...

Les paroles du vieil homme semblent se mêler, au début, à ce vent dont je devine le souffle sur l'ancien cliché.

« Avec Sabine, nous nous sommes enfuis de la maison à quatre heures du matin... On entendait déjà le fracas des blindés allemands sur la route de Beaucaire et de Tarascon. Je ne savais pas encore que cette escapade allait me mener en Espagne, puis en Afrique... Et ensuite jusqu'à Berlin ! »

... Sabine Wormser dut quitter Lyon, après l'invasion de la zone libre. Ensuite, ils se réfugièrent, tous deux, dans la demeure familiale des Schreiber, à Montfrin, un village au confluent du Rhône et du Gard. En novembre 1942, ce lieu devint, lui aussi, trop dangereux.

Le 11 novembre, réveillés par le bruit des chars, ils se sauvent donc, empruntant une porte dérobée, au moment même où des agents de la Gestapo accompagnés d'un gendarme se présentent au portail. Les activités de résistant du jeune Schreiber ne sont pas passées inaperçues… Le couple s'en va à pied, d'abord par la berge du Gard, puis en marchant le long de la route encombrée de troupes allemandes. Les militaires ne font pas attention à ces deux « randonneurs » – trop maigre gibier pour les mitrailleuses et les canons… Les amants réussissent à prendre un car qui les emmène à Tarascon. De là, ils comptent aller à Marseille. L'important est de quitter vite le voisinage familier qui se resserre autour d'eux comme une nasse…

Manque de chance : le train pour Marseille vient de partir et la Gestapo, bien renseignée, sait que les fuyards seront obligés de passer par la gare de Tarascon. Une voiture allemande patrouille déjà dans les environs…

« Et si nous prenions une chambre ? » propose le jeune homme à son amie.

Inconscients ou trop conscients du danger,

ils poussent la porte d'un hôtel, à côté de la gare, montent dans une chambre, s'oublient dans l'amour... Ceux qui sont lancés à leur poursuite les imaginent tapis au fond de la salle d'attente ou dans un recoin de café, défigurés par la peur, dévorés par l'angoisse. Or ils sont dans un lit, unis dans une étreinte défiant toutes les peurs du monde...

Le vieil homme m'a déjà raconté cette histoire. Son livre l'évoque aussi. Un époustouflant pied de nez à la fatalité de la haine, un beau baroud d'honneur à l'intention des persécuteurs engoncés dans leur manteau de cuir.

Ce soir, il raconte l'épisode un peu autrement, comme si l'éloignement de ce passé de guerre rendait le triomphe des amoureux trop manifeste pour le célébrer. Oui, ses paroles sont différentes, son ton aussi. La lenteur des mots me laisse deviner un arrière-plan secret de cette lointaine matinée de novembre... Les fenêtres de la chambre d'hôtel sont éclairées par de larges feuilles de platane, déjà dorées et qui brillent sous une pluie légère, tiède, colorée de soleil. Le vent passe, fait bouger un volet qui se ferme comme pour protéger l'intimité menacée des fugitifs. Grisée d'amour, la jeune femme s'est assoupie, gardant un reflet de sourire, un soupir figé sur ses lèvres entrouvertes. L'homme veille, immobile, étonné lui-même de l'absence de crainte puis oubliant jusqu'à cet étonnement, prenant de plus en plus conscience de vivre l'essentiel de sa vie. Avec une joie incrédule, il découvre que cet essentiel tient au vent ensoleillé qui passe dans les feuillages, à la bruine qui irise les vitres, au martèlement mat d'un train. À la présence dans cette chambre de leurs corps nus, si près de la force brute, hostile. À la liberté qu'ils ont d'ignorer le monde autour de cette chambre, de le trouver juste vain, avec ses haines, sa cruauté, ses mensonges... L'homme serre fortement ses paupières tant cette vérité lui paraît éblouissante.

Je quitte Jean-Claude sans avoir osé lui parler de son livre. Il sort avec moi sur le palier, appuie sur la minuterie et c'est déjà dans l'escalier que sa voix me rattrape – une tonalité à la fois résignée et souriante : « C'est Kipling qui le disait, non ? *Le succès et l'échec, ces deux imposteurs...* »

Le lendemain, je le rappelle pour prendre de ses nouvelles – en fait, pour m'assurer que cet échec-là, celui dont je n'ai pas eu le courage de lui parler, ne l'a pas trop atteint. Il répond d'une voix ferme, un peu tranchante, sa voix de toujours : « Tout va bien, merci. Je suis encore debout. »

Un lecteur

Quatre ans auparavant, en juin 2006, j'ai reçu une lettre qui ressemblait (je vais expliquer pourquoi) à une voix amicale qu'entendrait un homme cheminant au milieu d'un désert.

« *Cher Monsieur,*
Votre livre "Cette France qu'on oublie d'aimer"
m'a beaucoup touché. D'autant plus que vous citez
deux personnages que j'ai bien connus, ayant été
en prison et en camp de concentration avec eux,
de décembre 1942 à mai 1943, en Espagne. Je
parle du Colonel Desazars de Montgailhard et du
Capitaine Combaud de Roquebrune.
Si cela vous intéresse, et que vous ayez quelques
minutes à perdre, venez prendre un whisky
chez moi. Vous pourriez, si vous le voulez bien,
entendre quelques histoires les concernant.
J'allais oublier de me présenter : j'ai 88 ans,
obtenu la médaille militaire à Dunkerque en

1940, débarqué le 16 août 1944 à La Nartelle à la tête de mon peloton de chars et terminé en Bavière à la frontière autrichienne, en mai 1945. Je suis aussi commandeur de la LH à titre militaire. Je suis petit-fils de juifs allemands immigrés en 1877, et fier de m'être battu pour mon beau pays.

À bientôt, peut-être. Bien sincèrement vôtre,

Jean-Claude Servan-Schreiber. »

Le bref essai *Cette France qu'on oublie d'aimer*, à sa publication, avait fait régner autour de moi ce silence de désert que je viens d'évoquer. « Tout le monde sait que ce que vous dites sur la France d'aujourd'hui est juste, m'a confié un ami journaliste. Mais personne n'osera jamais le reconnaître. »

Le mot du lieutenant Schreiber est arrivé au moment où je finissais par m'habituer à cette traversée du désert, me disant que ce n'était ni la première ni, sans doute, la dernière. Plus précisément, sa lettre – la voix que j'ai devinée derrière ses lignes – a restauré le seul lien auquel un auteur doive attacher de l'importance : son texte compris et apprécié par un lecteur. Une communion d'idées. Une rencontre unique. Qu'importe le reste !

D'ailleurs, au début, c'est surtout l'invraisemblable télescopage temporel qui m'a frappé : mon correspondant connaissait personnellement les deux officiers français dont, plutôt par hasard, j'avais découvert les noms dans une vieille brochure rédigée sous l'Occupation ! Il avait côtoyé ces fantômes qui me semblaient irrémédiablement figés dans une époque d'où aucun écho vivant ne risquait plus de parvenir. Grâce à lui, ces deux ombres allaient renaître, se dotant chacune d'un caractère singulier, d'un destin au relief original, d'une physionomie distincte. Pleinement incarnés, ces inconnus allaient dire comment, il y a plus de soixante ans, ils avaient croisé le chemin du jeune lieutenant Schreiber, partageant ses misères de prisonnier, son engagement de soldat...

La vieille brochure évoquait les deux militaires dans une dédicace surprenante : « À la mémoire du colonel Desazars de Montgailhard, admirateur obstiné de Pétain. À la mémoire du capitaine parachutiste Combaud de Roquebrune, gaulliste fervent, tous deux tués, en 1944, pour la libération de la France ». Le titre de l'ouvrage était encore plus démonstratif : *Vive Pétain ! Vive de Gaulle !*

Dans mon essai, je l'ai cité surtout pour souligner sa valeur polémique : l'histoire, faite de contradictions et progressant par embardées imprévisibles, dément les sages lois de la raison et les calculs du bon sens. Le refus de le reconnaître nous conduit au diktat de la pensée unique qui fait tant de ravages dans la France d'aujourd'hui... Tel était, en bref, l'un des propos du livre. Jamais je n'aurais pu imaginer que ces deux officiers français, si opposés dans leurs convictions et si proches par leur abnégation de guerriers, puissent encore survivre dans le souvenir d'un de mes lecteurs.

Ce soir-là, en juin 2006, à notre première rencontre, Jean-Claude Servan-Schreiber m'a parlé d'eux avec la joie des retrouvailles qu'expriment des amis longtemps séparés :

« Un jour, pendant notre emprisonnement en Espagne, j'ai posé à Combaud de Roquebrune une question embarrassante. "Écoutez, Guy, dites-moi franchement : si je vous demandais votre fille en mariage, m'accepteriez-vous comme gendre ?" Il connaissait mes origines et ne cachait pas qu'être à la fois juif et officier français ne lui semblait pas aller de soi. En fait, plus ou moins tout le monde le pensait alors dans l'armée. Il a donc écouté cette demande en mariage hypothétique et m'a répondu avec beaucoup de sincérité : "Oui, Jean-Claude, je vous donnerais sa main. En revanche, si mon fils voulait épouser votre fille, je m'y opposerais catégoriquement. À cause du sang…" »

Le vieil homme a fait entendre un petit rire indulgent : « Le sang… Pourtant, lui et moi, nous en avons versé pas mal pendant la guerre, en luttant pour la même cause… Au reste, avec Combaud, je m'entendais très bien, nous étions tous deux des gaullistes purs et durs. Avec le colonel Desazars de Mont-gailhard, c'était une autre paire de manches. Pendant notre incarcération, nous avions tout loisir de nous disputer. Et ça chauffait ! Lui ne rêvait que d'aller "libérer le Maréchal", comme il disait. Moi, je vomissais Vichy et appelais de mes vœux la reconquête du pays par les Français libres. Bref, le colonel ne me portait pas dans son cœur. Et pourtant, voyez-vous… La vie, la vraie, est toujours plus complexe que tous nos schémas idéologiques. Quand, en 43, nous nous sommes retrouvés en Afrique du Nord, ce même Desazars de Montgailhard m'a convoqué pour me proposer de servir dans son régiment, le 5ᵉ chasseurs d'Afrique. Je me suis esclaffé de façon fort irrespectueuse, tant son offre me paraissait insensée : "Pardonnez-moi, mon colonel, mais après tout ce que nous nous sommes dit en Espagne ! Vous plaisantez, j'espère ? Moi, gaulliste, et qui plus est juif, sous vos ordres ? Autant aller m'engager chez le tonton Rommel !" Desazars me toisa avec sévérité et son jugement tomba : "Taisez-vous, Schreiber. Je m'y connais en hommes !"»

Ce soir-là, la dédicace de la vieille brochure m'est apparue toute vibrante de vérité : Combaud, Desazars, deux hommes réels, avec leurs passions, faiblesses, préjugés, leur sens de l'honneur, leur foi et le tranchant de leurs convictions – deux êtres infiniment singuliers, jeunes encore et à qui il ne restait que quelques mois à vivre.

« Le colonel Desazars de Montgailhard, le capitaine parachutiste Combaud de Roquebrune. Morts pour la libération de la France ».

Cet éveil du passé m'a rappelé un souvenir d'enfance – ou plutôt, le reflet d'un vieux tableau, intitulé *Le Départ* et qui représentait une colonne de soldats, vus de dos, s'en allant dans la nuit… Dans la Russie de ma jeunesse, la guerre était souvent peinte avec une exubérance théâtrale et mouvementée, comme si les artistes voulaient restituer l'horreur des millions de morts et l'ampleur des destructions en accumulant des couleurs épaisses, des compositions monumentales, des panoramas de batailles, le réalisme saignant des plaies et le pathos des postures héroïques. Plusieurs toiles ressuscitaient Staline qui se retrouvait au milieu des tranchées de la première ligne (lui qui n'est jamais allé au front !). Transformé en géant par un coup de pinceau servile, il se dressait, invulnérable aux balles, entouré des sourires extatiques des fantassins…

Le Départ n'étalait aucune de ces extravagances. Peu de coloris, simplicité dépouillée de la scène, et surtout l'anonymat presque total de ces guerriers s'avançant dans le crépuscule. On ne voyait que leurs dos, le drap rugueux des manteaux, leurs casques cachant complètement leurs visages. J'ai retenu ce tableau, plutôt que les vastes toiles surchargées, justement en raison de cette sobriété. Mais surtout, à cause de ce soldat-là : dans la masse des silhouettes impersonnelles, il tournait légèrement la tête, laissant voir la ligne de son profil. Son œil semblait chercher le regard de ceux qui s'arrêtaient devant le tableau. Et l'on sentait, intensément, l'urgence de lui adresser une parole, un geste d'amitié…

Les hommes dont me parlera le lieutenant Schreiber me feront souvent penser à ce soldat qui s'est tourné brièvement vers nous en espérant ne pas être rejeté dans l'oubli.

Le musée d'un homme

L'appartement, au deuxième étage d'un immeuble sur cour, n'a rien d'exceptionnellement attrayant. Sauf ce joli balcon, peut-être, qui surplombe un bouquet d'arbustes et des parterres fleuris, vestige de la vie rustique du vieux quatorzième, entre les stations Alésia et Plaisance.

La vraie originalité de l'habitation est, pour ainsi dire, archéologique : les neuf décennies d'une existence bien remplie se sont superposées dans ces pièces, mêlant les âges du propriétaire, les étapes de sa carrière, l'évolution du clan familial. Un condensé de lieux, de voyages, de maisons habitées autrefois, de couples solidement construits, puis dispersés, d'amitiés fidèles, de fêtes, de deuils, de moments de solitude. Tableaux, statues, vieux meubles, photos de famille, une grande amphore dressée sur son socle...

La première impression est celle de « confort bourgeois », un cadre calfeutré, cossu, reposant.

L'idée d'un trompe-l'œil vient après une observation plus attentive. Si, bien sûr, tous les codes de l'habitat bourgeois sont respectés, il faut bien vivre, non ? Mais plus on connaît ces murs, plus leur décor révèle les traces cachées d'une tout autre vie.

D'abord, des petits rectangles, çà et là, des clichés modestes et d'une qualité médiocre – on ne remarque pas tout de suite ces vues prises pendant la guerre. Une jeune femme en uniforme dans une rue aux façades criblées d'éclats, des soldats qui viennent d'arracher d'un fronton et de mettre à terre ce gros emblème à la croix gammée – on reconnaît parmi eux le jeune lieutenant Schreiber –, une automitrailleuse d'où ce même officier essaie d'atteindre un Stuka (une légende commente : l'avion en est à sa sixième attaque en piqué...). Il y a aussi, suspendus très haut (sans doute pour que les enfants ne parviennent pas à les décrocher), ces poignards – des trophées pris à l'ennemi : « Les SS en étaient armés – très utile pour des coups de force et dans les corps-à-corps », explique

34

tranquillement le résident de cet appartement
« bourgeois »...

Et puis, un Sherman – le tout petit modèle
du blindé américain à bord duquel Jean-
Claude a commandé son peloton de chars,
de la Méditerranée à la Bavière...

Une présence plus bizarre – cette figurine
de faïence, un santon décapité et taché de
terre à l'endroit de la cassure. Un débris sans
intérêt ? Pourtant, cet éclat semble avoir une
place dûment attribuée, peut-être plus impor-
tante même que l'emplacement des tableaux
et des bronzes. Je n'ose pas demander l'origine de ce talisman.

Depuis un moment, nos rencontres se faisant plus fréquentes, je me dis que l'explication
viendra naturellement, suivant la chronologie
du récit, ses retours en arrière, ses méandres,
ses variantes. Je ne voudrais surtout pas pres-
ser les confidences de mon ami. Ses paroles
sont rythmées par le glissement des mois, la
lumière des saisons qui colorent puis ternis-
sent les arbres sous son balcon. Une telle lenteur correspond à la respiration de ce long
passé qui renaît, instant par instant, et paraît
avoir l'éternité pour être conté.

Je garde ce sentiment de temps illimité, jusqu'au jour où j'apprends que le vieil homme a été admis à l'hôpital...

« Rien de grave, me confie-t-il, une semaine plus tard. La révision annuelle du moteur » (de sa main, il se tapote la poitrine).

Je me rends alors compte que j'ai complètement oublié son âge : quatre-vingt-dix ans bientôt ! Je me suis habitué à voir en lui le jeune lieutenant Schreiber...

Cette fois, j'observe le « musée » de son appartement d'un œil nouveau.

Chacun de nous possède quelques humbles reliques dont le sens est inconnu aux autres. Oui, des pièces de notre archéologie personnelle, des infimes fragments d'existence que même nos proches, si nous disparaissions, ne sauraient ni dater, ni rattacher à un souvenir précis. Les personnages de nos photos deviendraient anonymes, un galet ramassé jadis sur un littoral aimé – un simple petit caillou...

Et ce santon décapité – égaré dans le salon d'un logement parisien – un débris à jeter.

En vérité, il s'agit d'une langue intime, dont les mots, matérialisés en ces éclats de notre mosaïque singulière, perdent rapidement leur sens dès que s'éteint la voix qui prononçait leurs syllabes. Cette jeune femme en uniforme... Privée du témoignage que me confie le lieutenant Schreiber, elle se figera, impersonnelle – un être sans destin, sans âme, une silhouette réduite à ce regard légèrement inquiet (la rue où elle se tient résonne encore des échos de fusillades). Abandonnée à une attente muette, sa photo suscitera, chez les autres, une pitié confusément agacée : « Allez, on ne va pas garder toutes ces vieilleries ! Cette petite soldate, on ne sait même plus qui c'était. Alors... »

C'est ainsi que meurt la langue contenue dans les objets. Le mutisme s'installe. Tout un monde devient illisible.

Je remarque le poids de ce silence le jour où, commentant une photo, Jean-Claude se met à énumérer ses camarades du « peloton d'orienteurs », unité faisant partie du 4e cuirassiers. « Là, au centre, c'est le lieutenant-colonel Poupel qui commandait notre régiment. À sa droite, le lieutenant Toupet. Celui-ci, c'est le brigadier-chef Bigorgne... Ça, c'est moi, chargé comme un mulet avec mon barda... »

Le cliché est un peu flou, la main de celui qui tenait l'appareil a dû bouger. Pourtant le regard de Jean-Claude reconnaît dans ces visages jusqu'à la moindre mimique – imprimée dans son souvenir avec la force de ces instants qui séparent la vie et la mort d'un soldat. Oui, beaucoup de ceux dont il prononce le nom ont été tués, quelques jours ou quelques semaines après cette prise de vue. « Celui-ci, c'est Bossard, un gars très courageux. L'autre, avec ses lunettes de motard, c'est Le Huérou, François. Il a été fait prisonnier. Et lui, c'est... »

Sa voix se rompt soudain, et dans le coup d'œil qu'il me jette je surprends un reflet de désarroi fautif, une brève lueur de panique.

Il a oublié le nom de ce soldat-là !

Un homme de haute taille qui se tient en second rang, la tête inclinée sur le côté, l'air à la fois attentif et peiné.

« C'est... Comment il s'appelait déjà ? Attends... Il était de Belfort, je crois. Un gars très bien... Tué, près de Dunkerque, par un tir de Stuka. Son nom, c'était... ah ! »

Rien à voir avec une faille de mémoire ou, pis, le fléau d'Alzheimer. La lucidité de Jean-Claude et ses capacités de remémoration m'ont toujours fasciné. Je lui ai souvent dit que dans un test mnémonique qui nous aurait opposés, il m'aurait battu à plate couture. Et puis, à qui n'arrive-t-il pas d'oublier un nom ?

Pourtant, l'angoisse que j'intercepte dans ses yeux est bien plus profonde que celle que nous ressentons quand un mot nous échappe. Il doit deviner qu'il ne s'agit pas d'un oubli banal, tel que tout le monde peut se le permettre. Tout le monde, sauf lui. Car s'il ne parvenait pas à retrouver le nom de son camarade, celui-ci ne serait désormais que ce contour humain légèrement penché, un inconnu égaré sur un cliché grisâtre, un figurant dans une guerre, elle-même passablement oubliée. Plus de soixante ans après, les survivants de ce juin 40 sont rares. Les archives militaires durcissent, d'année en année, comme des strates géologiques sous la pesée des époques. Et les descendants, si par hasard dans un album retrouvé au grenier, le visage de ce soldat apparaissait, éprouveraient au mieux un petit éveil de curiosité paresseuse : « Tiens, ça doit être mon grand-père, dans sa jeunesse ! Ou plutôt mon grand-oncle... D'ailleurs, c'était pendant quelle guerre, au juste ? »

C'est ce que Jean-Claude doit se dire à présent, tassé dans son fauteuil, répétant machinalement : « Attendez, ça va me revenir... Ce garçon, je l'ai très bien connu. Il avait un petit accent curieux... Il s'appelait donc... Ah ! »

Je formule ma proposition sur un ton prudent, plutôt comme pour suggérer une astuce qui faciliterait la réminiscence : « Il faudrait que, dans vos souvenirs, vous remontiez au début des combats. Ce camarade, il était déjà au régiment au mois de mai 40, ou non ? Essayez de vous remémorer votre première rencontre, quand il s'est présenté, ou bien au moment d'un appel, d'une prise d'armes... En fait, il faudrait peut-être noter les noms de tous les soldats de votre peloton d'orienteurs... Ou plutôt, la liste de vos missions, jour après jour... »

En clair, je lui parle du livre qu'il devrait écrire – l'idée que j'ai plusieurs fois exprimée et qu'il a toujours refusée, se disant trop vieux ou trop paresseux, arguant du peu de curiosité du public d'aujourd'hui pour ces événements anciens. Je revenais à la charge, puis lâchais prise, devinant que son refus pouvait avoir une raison cachée dont il voulait probablement faire taire la douleur sous des arguments de vieillesse et de paresse.

Cette fois, il se dérobe avec moins de

conviction. « Un livre ? Oui, peut-être... Sauf que, à mon âge, vous savez... Je n'aurai plus assez de temps devant moi pour rédiger quelque chose de suffisamment complet... Et puis, vous avez vu, je commence à oublier des noms. Non, c'est trop tard maintenant... »

Je me lance à l'assaut avec toute la persuasion dont je suis capable. Mais non, l'âge n'y fait rien ! Regardez Lévi-Strauss ! Et puis, l'essentiel, c'est de commencer. Ensuite, le fil des événements se déploiera tout seul. Quant au public, il y a encore de vrais lecteurs, ne serait-ce que ceux qui ont vécu eux-mêmes, très jeunes, ces années de guerre.

Jean-Claude riposte, mais pas aussi fermement que d'habitude. Je connais l'argument qu'il va avancer (et il le fait) : on a déjà tellement écrit sur les Servan-Schreiber, d'ailleurs, il y a trente ans, lui-même a publié un court récit qui racontait l'histoire de sa famille et sa propre carrière professionnelle...

Je contre-attaque : justement, dans ce texte, il a trop parlé de cette carrière qui, malgré son bel éclat, n'était nullement comparable à la densité humaine de son engagement de jeunesse ! Il narrait ses rencontres avec les politiciens de l'époque : un jour, il a expliqué à

Pompidou comment devait être organisée la publicité à la télévision, une autre fois, c'est Mitterrand qu'il a réussi à mettre en ballottage, lors de je ne sais plus quelles homériques élections, dans la Nièvre... Des actes certes mémorables mais qui, à mon avis, démontrent surtout la terrible rapidité avec laquelle la politique se périme, se dévalue, perdant sa pompeuse actualité. Oui, comme cette question, ô combien brûlante, qu'il se posait à l'époque : un vrai gaulliste doit-il soutenir le tout nouveau RPR de Jacques Chirac ? De la préhistoire !

« Quant à votre glorieuse affaire de publicité à la télévision, si j'étais vous, cher Jean-Claude, je ne serais pas pressé d'en revendiquer la paternité... »

Il rit aux éclats, concédant que les choses qui lui paraissaient alors si importantes à écrire semblent, aujourd'hui, bien futiles. La pub à la télé, pouah !

Je profite de son hilarité pour enfoncer le clou.

« En revanche, ce que vous avez raconté beaucoup trop brièvement, en passant, sans y attacher d'importance, oui, vos souvenirs de soldat, cela ne peut que prendre davantage de valeur, avec le temps. De même que le vin qui se bonifie. Car ces thèmes sont éternels : la vie d'un être humain qui, dix fois par jour, regarde la mort en face et qui, malgré cela, continue à espérer, à voir la beauté, à aimer... »

Je suis loin d'être certain que mon argumentation, très inspirée, ait remporté l'adhésion du lieutenant Schreiber. Ce n'est pas quelqu'un à qui l'on pourrait forcer la main. Je pense qu'il voulait, simplement, se rappeler à tout prix le nom de son camarade de régiment, ce jeune homme de vingt ans qui, par une belle matinée de soleil, au printemps 1940, a vécu les derniers instants de sa vie.

Ces instants-là valaient bien un livre.

II

Ses trois guerres

L'identité d'un soldat

En 1877, le grand-père de Jean-Claude, Josef Schreiber quitte la Prusse-Orientale, son pays d'origine, et vient s'installer en France. Le départ fut provoqué par un différend qui opposait Josef à Bismarck, dont il était l'un des secrétaires. Était-ce un défi prémédité de la part du grand-père que de choisir un pays qui, quelques années auparavant, avait connu l'invasion prussienne et une humiliante défaite ? Son épouse Clara justifiait leur choix par une raison bien moins protestataire : elle préférait aller vivre en France plutôt qu'en Angleterre car, dans son enfance, une gouvernante française lui avait fait aimer les belles sonorités de la langue de Molière...

Dans sa nouvelle patrie, Joseph eut trois fils : Robert (né en 1880), Georges (1884) et Émile (1888). Pour nourrir sa famille, il fonda une « entreprise d'import-export », comme on dirait de nos jours. Les deux pays, afin de faciliter leurs échanges commerciaux, avaient besoin de tels passeurs bilingues qui rapprochaient les ennemis héréditaires mieux que n'auraient pu le faire les plus habiles diplomates...

Jean-Claude raconte ce lointain passé avec l'intonation à la fois épique et souriante qui convient à toutes les mythologies familiales. Un mythe très réel, inscrit dans le vécu de plusieurs générations et qui, grâce à l'extraordinaire renommée des Servan-Schreiber, s'est depuis longtemps mêlé à l'histoire de l'Hexagone. Les héros de cette saga se sont illustrés dans tous les domaines, marquant de leur empreinte le monde politique, la science, le journalisme, le cinéma... Perpétuée par le père de Jean-Claude, Robert, la modeste initiative de Josef avait donné naissance aux *Échos* et, de fil en aiguille, à *L'Express*.

En vérité, si Jean-Claude évoque cette chronique des origines, c'est uniquement pour instruire l'étranger que je suis – les Français connaissent trop bien les faits et gestes de la célèbre lignée.

En l'écoutant, je note surtout le côté exemplaire de l'épopée des Servan-Schreiber. Toutes les composantes de l'aventure migratoire atteignent, chez eux, l'expression la plus achevée. L'arrachement à une civilisation originelle, la transplantation ardemment désirée, l'enracinement réussi au moyen d'un travail acharné, d'une fidélité sans faille au pays d'accueil. L'élan vers une nouvelle patrie n'a pas été dicté par un calcul d'intérêts (en Prusse, Josef avait déjà une belle situation) mais par un rêve de liberté civique et d'épanouissement intellectuel, une aspiration qui, à l'époque, se confondait avec le nom de la France.

Ces migrants-là, dès leurs premiers pas sur le sol français, font tout pour... « s'intégrer », dirait-on aujourd'hui, mais ce terme rappelle trop les mots d'ordre de l'actuelle idéologie dominante. Non, dans le cas des Schreiber, il faudrait évoquer la passion, la volonté, la force vitale que la famille mobilise pour accomplir sa nouvelle naissance. Cet effort va jusqu'à la rupture avec la tradition des aïeux (le père de Josef était rabbin), jusqu'à une profession de foi que les cerveaux craintifs jugeraient excessive : Josef manifeste un laïcisme militant, son fils Robert se convertit au catholicisme, mais laisse à ses enfants la liberté de choisir leur appartenance (ou non-appartenance) confessionnelle. Et quand il se marie avec la fille du sénateur Fernand Crémieux, il refuse toute cérémonie religieuse. Le vénérable parlementaire insistera sur la circoncision de l'enfant que le jeune couple vient d'avoir. Robert s'y opposera vigoureusement. Le sénateur déclarera alors, ulcéré : « Si tu le refuses, tu ne seras jamais député ! »

Me racontant l'épisode, Jean-Claude conclut avec malice : « C'est ainsi que mon prépuce a coûté à mon père sa carrière politique. »

Il y a une autre conclusion à tirer de cette anecdote : le formidable contraste entre la pensée vivante et imprudente qu'on sent vibrer dans chaque parole du lieutenant Schreiber et l'asphyxiante doxa du politiquement correct qui règne dans la France de nos jours.

Bien au-delà de l'anecdote, sa parole libre indique l'issue du bourbier mental qui interdit aujourd'hui toute expression sincère dès qu'on aborde ces thèmes « sensibles » : immigration, intégration, communautarisme, minorités... Ce dialogue d'hypocrites n'ose jamais affirmer avec clarté : il faut tout simplement aimer le pays qui vous a donné l'hospitalité et, pour cela, il n'est pas inutile de se débarrasser de quelques oripeaux – confessionnels, coutumiers ou autres – qui rendent plus malaisée cette généreuse hospitalité.

Jean-Claude le dit sans une note de polémique – une simple sagesse confirmée par l'histoire et l'expérience vécue de sa famille. L'intégration de tribus dont chacune garderait ses coutumes, idoles et règles de vie ? Foutaises ! Pour que l'enracinement se fasse, dans votre nouvelle patrie, avec le respect de ceux qui vous accueillent, l'unique bonne voie – l'assimilation. Mais oui, à Rome, fais comme les Romains !

C'est cela qui a permis aux descendants de Josef Schreiber de devenir pleinement, et brillamment, français. Et c'est dans l'énergie ardente et créative de tels nouveaux arrivants que toute civilisation puise des forces fraîches, se développe, s'enrichit, tout en restant elle-même. À l'opposé de cette belle aventure humaine, on ne trouvera que l'éclatement d'un pays en minorités agressives et haineuses, en ghettos étriqués, en communautés de plus en plus réfractaires au destin commun d'une nation.

Pour Jean-Claude, cette vision n'a rien de doctrinaire. Une réalité pratique qu'il commente sur un ton calme, comme une évidence qui n'a pas besoin d'être débattue.

En revanche, la rencontre symbolique entre un étranger et son pays d'adoption éveille, chez le vieil homme, une émotion infiniment plus profonde. Au cours de sa longue vie, il a dû souvent entendre et lire des auteurs qui déclaraient leur flamme au « plus beau pays du monde », au génie français, à la France terre d'asile... Ces pâmoisons et envolées lyriques ne suffisent pas au lieutenant Schreiber. Il connaît une autre preuve de l'attachement à une patrie, une autre mesure, un autre critère.

Le sang versé d'un soldat.

Telle fut la preuve apportée par son père, Robert, engagé comme aviateur sur les fronts de la Grande Guerre. Telle était la « déclaration d'amour », très peu verbeuse, faite sur les champs de bataille de la Seconde Guerre mondiale par Jean-Claude Schreiber.

L'été 1944, après le débarquement en Provence, il remontait la vallée du Rhône, à la tête de son peloton de chars. Au même moment, son père, âgé à l'époque de soixante-quatre ans, se battait dans un maquis communiste à Neuvic...

Comment disiez-vous déjà ? L'identité multiculturelle ?

L'art de lire un rapport militaire

Le titre de l'ouvrage est sec comme une rafale de mitrailleuse sur les tuiles d'un toit : *Journal des Marches et Opérations du 4ᵉ Cuirassiers pendant la Campagne contre l'Allemagne du 2 septembre 1939 au 25 juin 1940.* Une brochure d'une centaine de pages, imprimée pendant les premiers mois après l'armistice, à Bergerac.

Il s'agit d'une chronique qui reprend, presque heure par heure, les faits d'armes du 4ᵉ régiment de cuirassiers.

La lecture provoque une impression troublante : tout est bien consigné, daté, localisé, et pourtant, la froideur distante de la narration donne à ces mouvements de troupes une apparence immatérielle, vaguement déshumanisée.

« Mercredi 22 mai. Bombardement de la colonne par l'artillerie ennemie... Vendredi 24 mai. Le capitaine Miquel, de l'E.-M. de la

1e D.L.M., apporte à l'heure l'ordre de repli en direction du Nord, canal de la Haute-Deule... Dimanche 26 mai. À la tombée de la nuit, le Régiment s'installe à Annœullin. Situation confuse. L'infanterie abandonne Carvin. »

Et même quand ce style télégraphique inclut des actes d'héroïsme, la souffrance de blessés et la mort de combattants, on a encore un sentiment d'irréalité, comme si le rédacteur du document l'avait conçu pour un cercle d'initiés dont nous étions exclus. « Samedi 18 mai. Seul le char du brigadier-chef d'Ormesson a pu quitter Jolimetz... Jeudi 23 mai. Le P.C. du Régiment a reçu un sévère bombardement d'avions en piqué, à Farbus. Plusieurs camions et citernes d'essence sont incendiés. Le capitaine Henry sauve un camion de munitions sous le bombardement et malgré le grave danger dû au voisinage de l'incendie... Le lieutenant-colonel Poupel est appelé au P.C. de la Division à 20.30 pour prendre le commandement de tous les chars, le lieutenant-colonel Pinon ayant été grièvement blessé... Mercredi 12 juin. Réaction violente d'armes anti-chars impossibles à déceler étant donné la configuration du terrain. Le sous-lieutenant Legendre sort de son char pour prendre liaison à pied avec les D.P. ; il est mitraillé à courte distance… »

Une écriture qui, avouons-le, ne recherche pas spécialement l'empathie du maximum de lecteurs. De temps en temps, ces lignes arides s'éclairent du nom de « l'aspirant Schreiber » (le grade de lieutenant viendra plus tard), le récit reprend de la vitalité car, au-delà de ses phrases, j'entends la voix de Jean-Claude, je distingue son sourire : « Mardi 28 mai. Le Colonel a pu, *grâce à une reconnaissance hardie de l'aspirant Schreiber*, situer la position de l'escadron de Vandières dans les Monts des Flandres ».

Parfois, un fragment éveille en moi un souvenir personnel, les ombres d'une autre guerre, bien moins glorieuse, sous le ciel afghan, et qui m'a appris ce qui pouvait se cacher derrière la neutralité glaçante d'un compte-rendu militaire, derrière des constats comme celui que je suis en train de relire dans le *Journal des marches du 4ᵉ cuirassiers* : « Samedi 22 juin. Le char du maréchal des logis Chalverat est détruit et en flammes. L'équipage ne peut pas être dégagé »…

Pour comprendre ces mots, il faut imaginer une belle soirée d'été, non loin de Parthenay, des jardins en fleurs, la fraîcheur ombreuse des eaux du Thouet... Et sans aucun plan intermédiaire, dans ce même décor idyllique – le condensé de l'enfer : l'habitacle d'un char qui brûle, trois jeunes hommes, morts ou seulement commotionnés, des corps déchirés ou juste criblés de minuscules éclats, suffisants pour tuer, l'un des tankistes est peut-être encore vivant, il essaie de se frayer un passage à travers la fumée, le sang, la chair lacérée, l'acier déchiqueté. Quelques centimètres de blindage le séparent du paisible coucher de soleil, il a le temps de voir le ciel par l'ouverture de la tourelle, de s'agripper à son métal brûlant... Mais déjà le feu le saisit, lui dévore le visage, enflamme son corps, le transformant en torche.

Oui, tel est le vrai sens de la pudique et austère formule militaire : « l'équipage ne peut pas être dégagé ».

Jean-Claude n'a pas assisté à ce combat de chars (il en a vécu et en vivra bien d'autres). Blessé à la jambe, il venait d'être évacué vers un hôpital. Sa première guerre prenait fin.

Restait la certitude de devoir raconter ce qu'il avait souvent vu, pour faire comprendre que l'enfer dont parlent les poètes s'ouvrait, parfois, au milieu d'une radieuse soirée de juin et qu'à la nouvelle aube, pendant que les flammes s'éteignaient sur la carapace des blindés, les oiseaux reprenaient tranquillement leurs chants. Et qu'il y avait donc en ce monde une force, un principe, une volonté supérieure qui rendaient possible cette extrême banalité de l'enfer, du mal, de la mort... Il y pensait, s'embrouillait, ne trouvait pas les mots pour exprimer ces réalités si évidentes et si complexes. À tout prendre, le langage du *Journal des marches* avait du bon dans sa rigueur dépouillée et anesthésiante : « le char est détruit et en flammes » – point, à la ligne.

Sinon, comment accepter et à qui imputer la mort de ces jeunes hommes brûlés vifs sous ce beau ciel rosi par le couchant ? Et comment dire aux autres la vérité physique de leur mort ? Et comment continuer à vivre, après, sans devenir une brute cynique, un automate humain insensible ? Comment ne pas perdre la raison, après avoir séjourné dans la banalité de l'enfer ?

Souriez, souriez !

À l'issue de sa première guerre, Jean-Claude, âgé de vingt-deux ans, semble avoir trouvé la réponse. Il s'est forgé une façon d'être dont je découvre les caractéristiques dans le *Journal des marches* – non pas dans sa partie officielle relatant les combats, mais dans ces dédicaces à l'encre, des mots d'amitié qu'avaient inscrits ses compagnons d'armes. Je déchiffre la signature du général Dubois de Beauchesne, du lieutenant de Vendières, du capitaine Henry...

« Affectueux souvenir à mon brave petit officier de liaison », a écrit le général en soulignant fortement le mot « brave »...

« Je ne sais pas ce qu'il faut admirer le plus en vous – de votre profond mépris du danger ou de votre gaieté non factice dans les coups durs... », se demandait le lieutenant de la Morsanglière.

Et là, tout un poème ! Le lieutenant Ville, dans une versification impromptue, a rimé ceci :

« Écrire une pensée à ce gosse-là, quoi dire ?
Sinon qu'un soir, il arrivait au cantonnement
en rigolant comme un enfant !
Un matin de printemps, il pleut du fer mais
il rigole bien, comme un gamin !
Un jour, la frontière de France s'allume,
Il faut être partout où ça brûle et cogner, cogner,
En hurlant aux vieux guerriers : "Souriez,
                                    souriez !"
Un crépuscule sombre et rouge. Derrière nous,
                                    la mer.
Sur nos têtes, devant nous, l'enfer.
Lui, s'en amuse, sort des plaisanteries
                        comme un titi !
Revenus, sur la belle terre de France.
Hélas, tout est perdu. Qu'importe,
On baroude encore pour l'honneur.
Le gosse est toujours là, souriant et sans peur... »

Telle était la réponse de ce « gosse », de ce « gamin » face à l'enfer créé par les hommes. Était-ce, chez lui, un enjouement inné ? L'humeur badine d'un jeune inconscient ? Non, plutôt une technique de survie, l'art de surmonter la peur, de ne pas contaminer les autres par son angoisse, de ne pas se laisser gagner par leur désespoir, d'aider ses camarades à ne pas sombrer dans le reniement. Oui, rire et chanter pour cacher ses larmes. Bien avant le poème du lieutenant Ville, les strophes de Pétrarque ont loué les mérites d'une telle attitude...

Cette légèreté salvatrice a déterminé la manière que Jean-Claude adopte, aujourd'hui, pour parler de son passé de soldat : détachement souriant, aucune grandiloquence, pas une ombre de vantardise, fréquente chez certains vétérans.

Ce n'est pas non plus de la fausse modestie. En accord avec le *Journal des marches*, il définit très précisément ce qu'il était durant sa première guerre, en mai-juin 40 : chef du peloton d'orienteurs de son régiment. À la tête d'une quarantaine de motocyclistes, il dirigeait la reconnaissance sur le terrain pour faciliter la progression des chars, trouver la meilleure position de combat, indiquer le passage le moins dangereux. Et, très souvent, rétablir la liaison avec d'autres unités combattantes, les moyens de communication étant très insuffisants.

« De char à char, on était censé communiquer à l'aide de fanions », reconnaît Jean-Claude avec un soupir amusé.

Il constate, résume, cite les noms des localités que son peloton a parcourues. Et l'on sent, dans son récit, la crainte de se mettre en scène, de s'attribuer trop de courage. « Non, ma mission était simple », répète-t-il de temps en temps.

Comme ce jour où le commandant du régiment, le lieutenant-colonel Poupel, lui demanda de retrouver un escadron de chars égaré. Il enfourcha sa moto tout-terrain (une Terrot RATT), partit...

« Tout seul ?

— Ça m'arrivait, oui...

— Vous étiez armé ?

— Un pistolet... Un vieux Ruby à neuf coups.

— Mais, en roulant, vous avez dû passer à proximité des positions allemandes...

— C'est que... En fait, à plusieurs reprises, je suis passé dans leurs lignes. Non, pas un tir en ma direction. Un coup de chance, sans doute... »

Sur sa moto, il croise les Allemands, réussit à s'échapper, les côtoie de nouveau, traverse des villages occupés, aborde l'ennemi de si

61

près qu'à un tournant de route, il entend les conversations des soldats, intercepte le regard stupéfait d'un officier...

Un coup de chance, dit-il, pour ne pas avouer ce qui l'a véritablement sauvé : une audace folle, un toupet que la logique teutonne n'a pas inclus dans ses calculs tactiques, oui, ce panache qu'autrefois, dans ses lectures d'enfant, il admirait chez les guerriers français. Bayard, Cyrano...

À ma réaction, il devine que je suis prêt à voir dans ces « missions simples » un acte de bravoure, un geste d'abnégation. Il se hâte de préciser : « Ce qui m'a aidé, c'est surtout mon imperméable. De loin, il ressemblait aux capotes des gradés allemands. Je me disais, d'ailleurs, qu'habillé de la sorte, je risquais surtout d'être flingué par une patrouille française... »

Il rit doucement, redevenant ce « gamin » qui, sous des rafales de feu, savait mettre en joie ses camarades.

Dans sa voix, je détecte aussi comme un regret penaud : non, il ne peut raconter sa guerre que sur ce ton souriant, sincère, trop léger pour les doctes ouvrages d'histoire.

Un soldat errant

Il ne change pas d'intonation pour parler de sa deuxième guerre. Toujours une précision factuelle digne du *Journal des marches*. Avril 1941, il reçoit l'avis officiel suivant : « *Le Lieutenant Schreiber étant juif, la loi du 3 octobre 1940 doit lui être appliquée intégralement* ». Le même jour, on lui remet sa médaille militaire. Une aimable fantaisie bureaucratique : un soldat décoré et, tant qu'à faire, renvoyé de l'armée.

Sa deuxième guerre commence : engagement dans la Résistance, réseau « Liberté » qui va être intégré à « Combat ». Préparant son doctorat de droit à l'université de Grenoble, il effectue souvent le trajet entre cette ville et la demeure familiale de Montfrin, l'occasion pour lui de collecter les armes abandonnées par l'armée, de les transporter aux destinataires, d'aménager des caches.

La rigueur constative du récit est de mise : « Ce jour-là, j'ai remis des armes à Simon et Jean Nora. Plus tard, ils combattront dans le Vercors... »

« Et si votre activité clandestine avait été découverte, Jean-Claude ?

— J'aurais été arrêté, c'est clair. »

Il ne développe pas cette hypothèse. Comme dans le cas du *Journal des marches*, il faut lire entre les lignes, entendre entre les mots : chaque jour, ces trois jeunes hommes, Jean-Claude, Simon et Jean, risquaient d'être arrêtés en flagrant délit, près d'une cache, ou bien chez eux, tirés de leur sommeil. Des interrogatoires, des tortures et un choix, somme toute limité : la mort pendant le transfert vers un camp ou dans un camp. Ou encore, le plus probable, sous les balles d'un peloton d'exécution...

Je suis sur le point d'évoquer cette possibilité qui donne à leur action une consistance humaine dramatique et, pour éviter le mot d'héroïsme, disons, la force d'un réel exploit. Jean-Claude réussit, encore une fois, à atténuer cette tonalité grave. « Vous savez, à Grenoble, la police ne se montrait pas toujours hostile à la Résistance. Je me souviens qu'un soir, un commissaire m'a prévenu de l'imminence d'une perquisition dans l'une des caches où j'avais stocké des armes. En revanche, à Montfrin, la gendarmerie me tenait pour un agent de subversion antinationale. D'ailleurs, si le 11 novembre 42, la Gestapo est venue pour m'arrêter, c'est sur les renseignements livrés par les gendarmes locaux... Avec Sabine, nous avons pu leur filer sous le nez au tout dernier moment... »

Une fuite, le bas-côté d'une route secouée par les chenilles des blindés allemands, la gare de Tarascon, le train manqué pour Marseille, un hôtel où, à la barbe des poursuivants, les jeunes amants vivent une longue matinée d'amour...

Je l'ai compris depuis un moment : Jean-Claude ne saura jamais, ou ne voudra jamais, raconter sa guerre en alourdissant les atmosphères pénibles, en accentuant les frayeurs et les souffrances, en plantant des décors angoissants de villes occupées, de rues patrouillées, de maisons se muant en pièges.

Son credo de légèreté n'est pas une posture d'esthète. Cette vision qui ne noircit pas le monde ni ne diabolise les hommes, il l'a acquise dans les années où le monde était infiniment sombre et les hommes, dans leur cruauté, rivalisaient avec les engeances les plus démoniaques. Il a opposé à cet univers-là son courage de soldat, sa gaieté de « gosse », son sourire de « gamin ». Ses camarades, ces « vieux » guerriers de trente ou quarante ans, lui étaient reconnaissants pour ces instants d'humanité qui résistaient à l'horreur morne des panzers, aux hurlements stridents des Stukas en piqué.

Au début, sous les bombes et la mitraille, il avait dû sans doute faire un effort pour rester celui que les autres voyaient en lui : un titi souriant et sans peur. Puis cette nature, façonnée par la guerre, devint sa nature propre, sa manière de vivre et de voir le monde. Et l'âge n'y pouvait plus rien...

Je disais : « Il ne saura jamais raconter autrement. » Tant mieux ! Car c'est ainsi, j'en suis sûr, qu'il parlerait aujourd'hui à ses compagnons d'armes, s'il pouvait les retrouver.

Les masques du mal

Dans la nuit du 25 novembre 1942, le lieutenant Schreiber, guidé par un passeur, traverse la frontière franco-espagnole, après une marche de cinq heures sur les sentiers de montagne. Appréhendé par la police, il est conduit dans la prison de Figueras où sont détenus cinquante autres Français. Au bout d'une semaine d'incarcération, on les fait monter dans un wagon à bestiaux – un voyage de 48 heures pour le camp de concentration de Miranda del Ebro.

Un autre enfer créé par les hommes : 3 500 personnes serrées les unes contre les autres dans des baraquements insalubres, sommairement divisés en « cales » avec des bouts de carton et de couvertures. Faim, maladies, entassement de prisonniers obligés de dormir à même le sol...

« Non, aucune comparaison avec les camps

nazis, s'empresse de préciser Jean-Claude. Ce n'était pas non plus un goulag. Sauf que, manque de pot, j'y ai attrapé une staphylococcie carabinée ! Que voulez-vous, à Figueras, déjà, la prison grouillait de vermine et là, dans le camp, on s'enfonçait dans la crasse. Pas une goutte d'eau pour se laver. Mon état empirait, j'avais d'énormes phlegmons sous les bras. Heureusement, parmi les prisonniers, il y avait un médecin, un Juif hongrois. Il m'a proposé d'inciser les phlegmons les plus menaçants. Son bistouri – une lamelle découpée dans une boîte de conserve et aiguisée sur un éclat de brique… Je partageais la "cale" avec de jeunes ouvriers français, des communistes qui avaient pu s'échapper du camp de Châteaubriant… Ils ont décidé de me soutenir pendant l'opération. Ces gars-là me prenaient pour un bourgeois douillet qui allait vite tomber dans les pommes et qu'il faudrait porter, évanoui, jusqu'à son grabat. Ils ont donc désigné l'un de leurs camarades pour m'accompagner. Eh oui, une brève suspension de la lutte des classes ! Or, quand le Hongrois a percé mon phlegmon, c'est le coco, mon "accompagnateur", qui a tourné de l'œil et j'ai été obligé de le traîner au bercail sur mon dos. "Pour un bourgeois, t'es pas trop mal !" m'ont dit ses camarades... »

Hors de question de s'appesantir sur ses misères de détenu. D'autant plus que ce détenu-là s'est toujours fait passer, auprès des autorités espagnoles, pour un officier américain (les trois années passées à Oxford ont facilité l'alibi du jeune Schreiber). Au printemps 43, l'attaché militaire des États-Unis parvient à expédier le « compatriote » à Gibraltar. Là, les services de renseignement anglais examinent le cas de ce drôle d'officier américain : une fouille, des interrogatoires... Assuré que le retour dans les geôles de Franco n'est plus envisageable, le lieutenant Schreiber joue sa carte : il découd son épaulette où sont cachés ses papiers de militaire français...

Quelque temps après, acheminé à Alger, il retrouve le commandant Rouvillois, du 4e régiment de cuirassiers, un souvenir vivant de sa première guerre, celle de la bataille de France, mai-juin 1940... Rouvillois sert dans le 5e régiment de chasseurs d'Afrique, un régiment commandé par le colonel Desazars de Montgailhard – celui avec lequel le lieutenant Schreiber a eu des discussions orageuses pendant leur emprisonnement en Espagne. Le monde est petit... Le colonel prétend s'y connaître en hommes. Le lieutenant Schreiber est réincorporé.

La routine du service reprend : entraînements en chars (non plus des Hotchkiss et des Somua de 1940, mais de lourds Sherman américains), l'apprentissage des techniques de déminage, préparation en vue d'un futur débarquement...

Un incident « politique » rompt la monotonie de ces journées. Un soir, le capitaine Arnaud de Maisonrouge transmet à Jean-Claude une invitation à dîner de la part d'un colon – nous sommes encore dans l'Algérie française... Les officiers prennent place autour de la table bien garnie et seul le lieutenant Schreiber reste debout derrière sa chaise.

« Schreiber, vous avez l'intention de grandir ? s'exclame Maisonrouge. Asseyez-vous !

— Mon capitaine, il y a un homme de trop parmi nous ! »

Tous les yeux suivent son regard – vers un grand portrait du maréchal Pétain. « J'ai fait de la résistance, mon capitaine. J'ai croupi dans un camp de concentration. Je ne vais pas dîner sous le regard de celui qui, en France, pourchasse mes camarades ! » Un silence tendu. Le colon, conciliant, décroche le portrait.

J'ai souvent entendu Jean-Claude raconter cet épisode algérien. L'impression d'un récit dédoublé : le jeune lieutenant martèle son refus, tandis que le vieux conteur cherche des mots pour dire la complexité de ce qu'il pense – à présent – de ce rude échange sous le portrait du Maréchal.

Au-delà des guerres

Plus le récit s'éloigne du juvénile soldat qui, sur sa moto, défiait les Allemands, plus ce besoin de mots différents – d'une langue différente – se fait sentir. Désormais, le style télégraphique du *Journal des marches*, agrémenté de quelques anecdotes instructives, ne suffit pas à Jean-Claude. Son héros, le jeune lieutenant Schreiber a beaucoup mûri, entre-temps. Il ne croit plus que tout se limite à ce qui se joue devant ses yeux. La chronique de sa troisième guerre (août 44 - mai 45) sera aussi cette quête des mots qui transcendent les jeux tragiques des hommes.

Non, le souvenir de sa fierté de guerrier est toujours là. Le débarquement en Provence le 15 août 44, la prise de Toulon, la rapide remontée du Rhône à la poursuite des troupes allemandes, les combats en Bourgogne, en Alsace, la traversée du Rhin – il en parle avec l'émotion d'un jeune homme pleinement conscient de participer à une action grandiose. Libération !

Comme avant, il y a des engagements plus meurtriers que d'autres, des pertes de camarades qui marquent la mémoire à jamais. Dans une petite gare de La Valette-du-Var, son escadron subit le feu d'un canon de 88, ce tueur de blindés. Un obus perce le char dans lequel le maréchal des logis Berton et son pilote Francis Gilot sont tués. Gilot avait dix-huit ans... « Dix chars détruits sur dix-sept », notera, impassible, le rapport militaire.

La guerre ne laisse pas le temps de se recueillir en pensant aux morts – le lendemain, il faut se lancer sur les routes : Avignon, Uzès, Langogne, Le Puy, Saint-Étienne, Villefranche-sur-Saône, Cluny... Deux cents kilomètres parcourus quotidiennement. Combien de nouveaux Oradours a su éviter à la France le torrent humain de cette Ire Armée qui progressait, se heurtait à l'ennemi, le repoussait, reprenait l'assaut, perdait chaque jour des centaines et des centaines de jeunes vies ! Et qui n'avait pas une minute pour se rappeler un certain Francis Gilot, tué à l'âge de dix-huit ans, dans les faubourgs de Toulon...

Il fallait avancer à tout prix pour couper la route aux troupes du Reich qui, de Bordeaux et de La Rochelle, organisaient leur retraite vers l'Allemagne... Et c'est d'ailleurs en Haute-Saône que l'escadron du lieutenant Schreiber croisa le chemin du bourreau d'Oradour, le général Fritz von Brodowski, qui allait être capturé après des combats acharnés...

Aujourd'hui, Jean-Claude est l'un des derniers soldats à pouvoir se souvenir des corpuscules humains unis dans cette avalanche. Berton, Gilot... Oui, il connaît leurs noms et, en fermant les yeux, il peut revoir leurs visages, entendre l'écho, très affaibli mais exact, de leurs voix...

C'est sa grandissante solitude de témoin qui fait que sa manière de raconter change.

D'ailleurs la guerre a changé : dans sa troisième campagne, le lieutenant Schreiber voit, en face, un ennemi différent. Ce ne sont plus ces régiments victorieux qui traversaient l'Europe avec la morgue condescendante d'une race supérieure. Ce sont des hommes qui se sont battus dans le sable des déserts et au-delà du cercle polaire, ont connu des défaites, de Stalingrad à Varsovie, et qui luttent désormais avec la rudesse et l'efficacité que donne une longue expérience de combats. Des soldats pour qui le but de la guerre n'est plus la victoire mais... la guerre.

Une vérité troublante dont, auparavant, il n'imaginait pas l'existence, prend forme durant ces mois d'hiver 1944-45. Des millions d'hommes, se dit-il, ont passé cinq ans à tuer leurs semblables, à détruire les villes, à massacrer les femmes et les enfants. Et maintenant ces hommes se retirent vers leur patrie aux trois quarts rasée par les bombes et, en reculant, ils continuent à tuer, à détruire, à brûler. Bientôt, cette folie se terminera, tout le monde parlera de la paix, la vie reprendra comme si de rien n'était. Mais surtout, cette démence innommable trouvera des noms qui la désigneront : Occupation, Collaboration, camps de la mort, Résistance, Libération, reconstruction... Une fois définie, la folie pourra se faire oublier dans la poussière des archives.

Il y a, dans cette pensée, une logique que le lieutenant Schreiber refuse d'accepter...

Jean-Claude sourit, comme pour se faire pardonner cette digression. Il a dû tant de fois, en racontant sa guerre, tomber sur des interlocuteurs qui, à des moments pareils, prenaient des mines à la fois compatissantes et ennuyées : « Ouais... Mais on n'y peut rien, Jean-Claude. La guerre finie, il fallait bien recommencer à vivre... Et puis, ce que vous appelez "folie", ce n'est rien d'autre que l'Histoire. Allez, ne soyez pas si amer... »

S'en voulant d'être un rabat-joie, il sortait alors une anecdote, comme il le fait à présent, cherchant à m'épargner ses réflexions graves.

« Un jour, mon peloton de chars fait une halte dans le village d'Auxey-Duresses, en Côte-d'Or. À l'heure du départ, je sens dans l'attitude de mes hommes quelque chose de bizarre. Je décide de jeter un coup d'œil derrière leurs chars et je découvre, dans un fossé, un tas d'obus de 75 – nos minutions. Et à l'intérieur des blindés, à la place des obus, une bonne réserve de bouteilles de puligny-montrachet qu'un viticulteur avait offertes aux équipages. Non sans regret, je donne l'ordre de réarmer nos chars correctement... »

Je vois transparaître dans son visage la gaieté du jeune tankiste de 40, oui, de ce « gosse souriant et sans peur » qui ne se posait pas encore ces questions douloureuses que les cinq ans de guerre allaient faire naître...

Il se tait, écoute les bruits lointains qui résonnent dans sa mémoire, puis reprend, d'une voix qui ne recherche plus l'ironie d'une histoire bien tournée :

« C'est à Auxey, d'ailleurs, que j'ai abordé la mort plus intimement que jamais. La mienne, évitée d'extrême justesse. Celle des autres et dont j'ai été le principal responsable… On m'a indiqué que les Allemands préparaient une attaque dans cette direction et que, serrés de toutes parts, ils ne pouvaient passer que par la route d'Auxey. Nous avons donc construit un barrage avec tout ce qui nous tombait sous la main – des charrettes, des poutres, des grosses pierres, trois ou quatre vieilles charrues… Tout ça agrémenté de deux charges de dynamite. La barricade s'appuyait sur deux maisons, à la sortie du village. Nos chars, je les ai mis à trois cents mètres de là et mes hommes les ont bien camouflés avec des branchages… À la tombée de la nuit, tout seul, je suis allé vérifier la solidité de notre construction. En m'approchant, j'ai entendu, de l'autre côté du barrage, des pas et des voix étouffées. Aucun doute : les Allemands, déjà arrivés, étaient en train de démonter la barricade… Mes chars se trouvaient trop loin pour que je puisse courir me protéger derrière eux. Les voix des Allemands se sont tues – ils venaient de remarquer ma présence malgré l'obscurité. On dit d'habitude qu'une seconde, dans des cas pareils, dure une éternité. Ce n'est pas ainsi que je l'ai vécu. J'ai eu une conscience très claire que ma vie allait se terminer et... comment dire ? Oui, j'ai éprouvé un sentiment de grande sérénité, un calme inexplicable : la certitude que cette mort ne serait qu'un bref incident dans une existence bien plus vaste... C'est cette tranquillité qui m'a permis de crier, d'une manière assez naturelle : "*Wer da ?*" (Qui va là ?). De l'autre côté du barrage, la réponse s'est fait entendre : *Deutsche Soldaten !* J'ai continué à leur parler allemand, tout en reculant rapidement. Mon accent a fini par être démasqué et, en guise de réplique, j'ai reçu une rafale de mitraillette. Mais j'étais déjà réfugié derrière mon char. J'ai crié « Feu ! », tous les chars ont tiré, deux obus chacun, et quelques secondes après, à la place du barrage, il ne restait plus qu'un tas de bois éclaté et de cadavres en charpie. Et quelques blessés... »

Il se tait de nouveau, n'essayant plus d'intercaler une anecdote qui ferait contrepoids à cette rude chronique.

« Ce qui était différent à Auxey, c'est... En fait, pour la première fois, j'ai entendu les voix de ceux que j'allais tuer. Oui, j'ai même, pendant un moment, parlé avec eux ! Dans un char, on est séparé de l'ennemi. Et puis, on voit mal à travers les fentes de visée, les hommes apparaissent toujours comme des silhouettes derrière un écran de verre. Tandis que là... La voix humaine, c'est quelque chose d'intime et celui qui vous parle et à qui vous répondez n'est plus tout à fait un inconnu. Non, Auxey n'a pas été un combat comme un autre... Le lendemain, les Allemands ont fait venir des renforts et des canons antichars. Mais nous avons tenu bon. »

Le fin mot de l'Histoire

C'est à Auxey que le lieutenant Schreiber a compris cette vérité qu'on dissimule d'habitude sous le vibrato des grandes harangues patriotiques. Une vérité gênante pour l'orgueil de notre intelligence : le vrai sens de la guerre est la mort, c'est son matériau, sa forme et son contenu, son unique spécialité, son produit final, sa marque de fabrique. Et la raison de l'homme n'est en rien, hélas, opposée à ce mode de vie.

Le monde humain serait-il donc sans issue ? La haine, innée et consubstantielle à l'existence ? Ou peut-être suffirait-il qu'un soldat, ensauvagé par des années de combats et de souffrances, entende la voix de celui qui lui fait face ? Ou bien, au moins, après la guerre, qu'il se souvienne de cette voix et non pas seulement de la joie d'avoir gagné la bataille où cette voix s'est tue ?

Après Auxey, ces questions jalonneront, de loin en loin, son chemin de soldat. La bataille d'Alsace, la prise de Mulhouse, la libération de Colmar, les combats meurtriers dans la forêt de la Hardt, le franchissement du Rhin où chaque planche de ponton, chaque bout de berge sont lavés du sang des unités qui réussissent la traversée sous la mitraille et les fusants de l'ennemi. Ensuite, l'engagement – si coûteux en vies humaines – dans la Forêt-Noire.

Et comme si, à la fin, la guerre lui réservait le plus dur, surgissent des scènes que même son regard devenu peu impressionnable a peine à supporter. Cette colonne de militaires ennemis qui s'apprêtent à se rendre aux Alliés. Des hommes à part, des supplétifs recrutés par les nazis parmi les prisonniers du front de l'Est et qui viennent de tourner casaque. Ils marchent en rangs, suivis d'une charrette remplie de têtes coupées – celles de leurs officiers : une monnaie d'échange pour marchander leur reddition...

Puis, cet étrange détachement de SS dont les soldats parlent français ! Mais oui, ce sont ses compatriotes que le lieutenant Schreiber est obligé de combattre...

Il y a aussi ce blindé percé d'obus, l'un des cinq de son peloton. Deux membres de l'équipage, Étienne Leper et son pilote Catherineau parviennent à s'en extraire et, dans la neige, au milieu des tirs et des geysers de boue soulevés par les obus, ils rampent vers le char de leur lieutenant. En risquant sa vie, il réussit à les mettre à l'abri, puis à les hisser dans un half-track qui les évacue vers l'arrière. Leper a un bras arraché. Le corps de Catherineau est écharpé d'éclats...

De temps en temps, Jean-Claude interrompt son récit par de brefs constats rhétoriques : « Oh, vous savez, on a tellement écrit sur ces événements... » Ou bien : « Ce n'est pas très nouveau ce que je raconte... »

Il ne s'agit pas, pour lui, de jouer les modestes, de minimiser l'ampleur des batailles auxquelles il a pris part, de déprécier le courage de ses camarades. Désormais, ce soldat de « l'après-Auxey » devine que les horreurs de la guerre, les grands mouvements de troupes, la souffrance et l'héroïsme des hommes, oui, cette rapide fusion de l'Histoire et des destins

individuels possède un sens caché, une signi-
fication neuve qui, d'une bataille à l'autre,
commence à révéler son mystère. Et que le
vieux conteur d'aujourd'hui tâche d'exprimer.

Les paroles d'une inconnue

Cette vie dont il perçoit, encore assez confusément, une possible nouvelle lecture, à la fois tragique et lumineuse, se découvre un soir d'avril, dans les rues de Baden-Baden...

Les combats pour prendre la ville ont été rudes et, à présent, en garant ses chars pour quelques heures de repos, il pense au théâtre d'ombres où les humains mettent en scène leurs vies. Ce lieu de cures et de jeux est transformé en un champ de bataille. Les rues où, naguère, se promenait une foule riche et oisive résonnent sous le pas pesant de la troupe. Dans les salles où tournait la roulette, les fenêtres sont encombrées de mitrailleuses qui viennent de cracher, rageusement, leurs dernières rafales... Ce changement de décor a été payé de milliers de morts, de blessés, de brûlés – par la mort de ce fantassin-là que le lieutenant a vu tomber, tout à l'heure, le visage heurtant le sol boueux...

Derrière ces réalités mouvantes, il sent la présence d'une réalité tout autre, d'une vie qui rendrait inutile ce manège atroce de l'Histoire.

Il traverse une place, s'arrête, lève la tête et, au premier étage d'un immeuble, surprend ce rapide sourire... Une jeune femme qui, après toutes ces fusillades, est contente de pouvoir ouvrir sa fenêtre, de respirer l'air où, à travers les rejets des blindés et des camions, se fait puissamment sentir le printemps. Le lieutenant, comme tous ses camarades, marchait dans la rue en cherchant un gîte pour la nuit... Il frappe à la porte de la maison, la jeune femme lui ouvre, il se présente, lui explique en allemand sa situation d'officier « sans-abri ». Elle l'invite à entrer, en précisant : « Malheureusement, mon appartement est tout petit, juste une salle à manger et une chambre...

— Ne vous inquiétez pas, la rassure le lieutenant, je pourrai très bien m'installer dans la salle à manger... »

Ils commencent à déplacer un matelas qui passe difficilement dans l'étroit couloir. Le lieutenant s'enquiert, à mi-voix : « *Glauben Sie wirklich, das es sich lohnt ?* » (Croyez-vous vraiment que cela en vaille la peine ?) Et il reçoit, en réponse, un sourire en coin.

Il n'a pas approché une femme depuis sa fuite en Espagne...

La nuit, il se réveille en sursaut, haletant. Un songe qui revient souvent : un champ enneigé, de hautes gerbes de terre projetées par les explosions, lui – à la tourelle de son char, et là, tout près déjà, et si loin ! ces deux camarades blessés qui rampent vers lui, en marquant la neige d'une longue trace de sang. Encore une vingtaine de mètres et ils seront à l'abri. Des balles, des éclats ricochent sur le blindage, le lieutenant crie à travers le vacarme du combat : « Leper ! Catherineau ! Tenez le coup ! » Il descend, empoigne le premier, parvient à le cacher derrière le char, enserre le second qui est contusionné et couvert de sang... Et le temps s'enraye, celui des cauchemars, des gestes enlisés dans l'impossibilité d'avancer, la frayeur paralysante à la vue des blindés ennemis qui progressent, les encerclent, s'apprêtent à faire feu...

Il crie, son cri le réveille, il respire comme après une course épuisante dans la neige.

L'obscurité, le balaiement rapide d'un pro-
jecteur, le bruit d'un camion qui s'éloigne
dans la rue. Une main féminine se pose sur
son épaule. Des mots caressants, en allemand. « La langue de l'ennemi », se dit-il, et il
pense de nouveau à l'absurdité de ces inven-
tions humaines : alliés, ennemis, guerres,
conquêtes... Des étiquettes faites pour tuer,
haïr, dominer, se faire tuer. Le corps de la
femme l'entraîne à l'écart de ce monde, dans
un temps qui ne dérape plus sur l'asphyxie des
cauchemars, dans un instant où il est accepté
tel qu'il est, où il est l'essentiel de lui-même.

Le lieutenant sait que demain, dès les premières heures de la journée, il peut ne plus
être, la probabilité est grande et les moyens de
destruction, surabondants : le tir d'un canon
antichar, l'obus d'un Tigre, une bombe lan-
cée par un avion (les Allemands sont désormais équipés de Messerschmitt à réaction),
ou encore, un terrible Panzerfaust, ce lance-
grenades que peut manier même un ado-
lescent des Jeunesses hitlériennes. Ou bien,
tout simplement, une balle perdue... Étrangement, à cette pensée, aucune détresse ne
l'étreint, comme si l'instant qu'il vit appartenait déjà à une existence où tous ces jeux

meurtriers ne pourraient plus l'atteindre. Il se souvient qu'il a déjà éprouvé un pareil sentiment. Un matin, dans un hôtel, près d'une gare, dans les bras de Sabine… De même qu'à présent, sa survie était alors suspendue à une multitude de hasards qui guettaient chacun de ses pas. Et pourtant, la même sérénité, la même confiance, allant bien au-delà du seul plaisir de se trouver avec une femme.

La troisième guerre du lieutenant Schreiber s'est terminée dans les Alpes bavaroises, au début du mois de mai : les derniers obus tirés contre un détachement SS qui continuait à se battre malgré la capitulation toute proche. Des soldats ennemis qui se sauvent, louvoyant au milieu des arbres, et cet ordre que le lieutenant transmet à ses chars : « Stop ! On arrête là ! » Les ennemis redeviennent des hommes en fuite, la position des chars – la pente grise d'une colline et leur colère guerrière – une immense fatigue qui s'abat sur ces jeunes tankistes. Ils quittent leurs blindés, inspirent profondément l'air de la montagne, si grisant après les rejets toxiques de leurs canons, regardent le ciel, écoutent le silence et n'ont même plus la force de dire leur joie.

Quelques jours plus tard, le lieutenant est informé que le responsable du secteur français de Berlin, le général Dubois de Beauchesne, l'a désigné comme son aide de camp. Oui, ce même général qui, en juin 40, avait inscrit sur la page de garde du *Journal des marches* : « Affectueux souvenir à mon brave petit officier de liaison... »

Le colonel qui lui transmet la nouvelle ajoute, comme si de rien n'était : « Cela fait plus de trois mois que j'ai reçu cet ordre de mutation. Mais, tel que je vous connais, Schreiber, j'étais sûr que vous préféreriez combattre jusqu'à la victoire. » Le lieutenant n'a d'autre choix que d'acquiescer : « Vous avez raison, mon colonel. Sauf que, pendant ces trois mois, j'aurais pu me faire tuer plus d'une fois... »

En allant à Paris pour régler les formalités de son affectation, il pensera de nouveau à l'extrême ineptie des jeux humains : une feuille de papier sur laquelle était rédigé son ordre de mutation avait dormi dans un classeur, faisant de chaque jour une roulette russe où se jouaient la vie et la mort d'un certain lieutenant Schreiber.

III

L'étranger

À la fête des autres

Il arrive à Paris au soir du 8 mai. La ville est légère, festive, vibrionnante, et surtout bien en avance sur le temps dans lequel le lieutenant continue à vivre – ces journées d'hiver, en Alsace, en Allemagne, ces longues heures de combat où ses chars déchiraient de leurs chenilles le sol gelé...

Des odeurs oubliées l'enivrent : celles des plats que mangent les gens, tranquillement installés sur les terrasses des restaurants, les parfums des femmes, le feuillage des boulevards et les bouquets des fleuristes. Les corps féminins l'agressent par leur démarche dansante, la blancheur des décolletés, la troublante proximité de cette chair qui n'est plus cachée sous les vêtements sales des réfugiés dans les villes bombardées, les haillons des rescapés sortant des camps, l'immobilité des cadavres.

Tout bouge trop vite autour de lui, les regards l'attrapent dans leur visée et se détournent, il intercepte des saluts qui ne lui sont pas adressés, des sourires auxquels il répond par erreur, des bribes de bavardages où il croit reconnaître le nom d'un camarade, le timbre d'une voix familière. Et la rapide fragmentation des visages recompose déjà une nouvelle mise en scène, avec d'autres acteurs, d'autres corps, d'autres promesses...

Il a envie de courir, pour rattraper le rythme de ce manège printanier, pour se faire accepter dans l'un des groupes de jeunes gens, de serrer la taille de cette femme qui passe en le frôlant, de lui parler, de lui emprunter un peu de son bonheur, de son insouciance, de lui raconter ce qu'il a fait pendant ces années qui le séparent de leur belle soirée parisienne. Oui, de lui dire qui il est...

Mais au fait... Qui est-il pour ces gens dont le tournoiement lui donne le vertige ?

Il se courbe, comme pour passer inaperçu à travers cette foule colorée, rajuste le col de sa vareuse puis, choisissant une chaise au bout d'une terrasse, s'assied, commande un verre de vin... À sa gauche – la porte ouverte d'un bar et dans l'entrée, des marches qui mènent au sous-sol. À travers la pénombre, il distingue les silhouettes de quelques couples enlacés, la cambrure fine d'une taille féminine que ploie une main d'homme... Les sons traînants d'un saxophone affluent, essoufflés, jusqu'au trottoir. À sa droite, autour d'une petite table encombrée de tasses de café, trois jeunes hommes et deux jeunes filles polémiquent bruyamment, agitent les bras, citent des noms qu'il ne connaît pas : « Sartre, Camus... » L'une des discuteuses brandit, tel un symbole de foi, un livre hérissé de marque-pages. Tournant discrètement le regard, le lieutenant réussit à lire le titre : *L'Invitée*...

Il sourit, se reconnaissant bien dans cette appellation. Mais oui, il se sent un invité, venu trop tard à une fête.

Le désir est grand en lui de se fondre dans ce grouillement humain, de s'introduire dans la conversation de ces jeunes gens qui, en gesticulant, parlent de... Une chose curieuse ! L'exis-ten-tia-lisme. Jamais entendu... Qu'est-ce que ça peut être ? Il pourrait leur parler de son existence à lui pendant ces six années de guerre, des chars en feu, de son engagement dans la Résistance, des armes qu'il transmettait à Jean et Simon, tous deux plus jeunes,

à l'époque, que ceux qui discutent, à présent, autour de la table... Et aussi du camp de
concentration de Miranda del Ebro, du débarquement en Provence, du soldat Francis Gilot,
âgé de dix-huit ans, mort dans les faubourgs
de Toulon pour la libération de la France...

Il aurait tant à raconter ! Mais il devine que
sa vie ne rentrerait pas dans les cases habi-
lement délimitées de leurs idées. « Essence,
existence, engagement, liberté... » Il écoute
ces mots comme s'il s'agissait d'une langue
étrangère.

« Vivre, c'est vieillir, rien de plus », s'écrie
l'une des jeunes femmes, citant le livre posé
au milieu des tasses. La voix d'un des garçons
rétorque, solennelle : « Vivre, c'est faire vivre
l'absurde ! »

Le lieutenant comprend que ces paroles
ne sont qu'un jeu, un nouveau jeu de société
pour ceux qui jugent la vie, installés sur une
terrasse de café.

Avait-il entendu l'écho de ces théories nouvelles dès son arrivée à Paris, en mai 45 ? Ou
bien, un an plus tard à son retour de Berlin ?
Ou peut-être, cela est-il arrivé dans les années
qui suivirent, lorsqu'une formidable berlue

intellectuelle allait diviniser quelques hâtifs penseurs dont il apprenait les noms en cette douce soirée parisienne ? Peu importe, après tout, la chronologie exacte de cette découverte. Son souvenir a retenu l'essentiel : la guerre terminée, ses retrouvailles avec Paris ont été marquées par un intense sentiment de solitude : une nouvelle jeunesse à laquelle il n'appartenait plus, une nouvelle langue qu'il ignorait, une autre façon d'appréhender la vie – cette vision « existentialiste » – qui n'avait que faire de sa vie à lui, de ses engagements, de ses blessures, de la mort, souvent héroïque, de ses camarades.

Aujourd'hui, Jean-Claude exprime cette impression de rupture dans les termes qu'utiliseraient tous les soldats perdus, de Remarque à Hemingway : un guerrier retardataire qui revient dans un temps de paix peuplé d'indifférents et d'oublieux.

« En marchant dans les rues de Saint-Germain-des-Prés, je me demandais si, parmi ces passants, il y en avait quelques-uns qui s'étaient vraiment battus contre les nazis. J'étais triste et même accablé... »

Que dire de plus ? Et comment le dire après Balzac et son immortel colonel Chabert ? Ce magnifique revenant de la vieille garde dont la bravoure et le panache convenaient si peu au monde bourgeois de sa traîtresse d'épouse. Du grognard Chabert, héros littéraire, au lieute-nant Schreiber, homme réel, il n'y a qu'un pas.

Ce pas, dès le retour de la paix, impose un dédoublement. Pour s'intégrer à la nouvelle vie, le soldat doit oublier sa guerre, s'oublier tel qu'il était à la guerre, accepter l'histoire qu'on est en train de récrire, ne pas trop parler de ses compagnons d'armes car la rancœur de la défaite de juin 40 plane sur toutes ces jeunes vies sacrifiées. Il doit devenir un autre, se renier. Et surtout accepter une révision de ce qu'il a vécu, relire son passé selon la nouvelle mode intellectuelle, se repenser en fonction de ce que les philosophes de terrasse de café disent sur l'engagement, le choix, la liberté...

Balzac ne demandait pas cela au colonel Chabert !

Oui, ce qui le frappe, à son retour dans la capitale, c'est que toute une théorie de l'exis-tence s'était échafaudée durant les années où, chaque jour, il courait le risque de ne plus exister. Une école philosophique, née dans

98

l'étroit périmètre d'un arrondissement parisien, s'était développée pendant qu'il faisait
la guerre, aidait les résistants, traversait des
villes en feu. Une doctrine colonisait les cerveaux, des livres sortaient et suscitaient des
commentaires savants, des pièces de théâtre
étaient montées et applaudies par le public
– dans une parfaite déconnexion avec la vie
et la mort des soldats du 5e régiment de chasseurs d'Afrique de la 1re division blindée...

Le lieutenant Schreiber ne parvient pas à
se faire à l'idée qu'il lui faudra considérer cet
état de choses comme naturel.

C'est cela : pour être admis dans les mises
en scène de l'après-guerre, il est sommé de
faire comme si tout lui paraissait logique, légi-
time. S'il joue le jeu, alors, on lui rendra sa
jeunesse. Son uniforme une fois rangé au ves-
tiaire, on lui offrira un rôle, il pourra entrer
en scène et sera même autorisé à rejoindre le
cercle de ces jeunes polémistes collés à une
petite table de café. Il se montrera intelligent
et moderne en jonglant avec des aphorismes
de trois sous dont ils se gargarisent, oui, l'un
de ces « vivre, c'est faire vivre l'absurde ». En
les déclamant, il sentira la cuisse de la jeune
femme se serrer contre la sienne, des yeux

fortement maquillés caresseront son regard, une main ouvrira ses doigts pour recevoir dans leur éventail ses doigts à lui...

Il a vingt-sept ans, dont six ans de guerre. Encore jeune mais plus vraiment jeune. Et cette âpre soif d'aimer ! Personne ne lui avait expliqué que le monde poursuivait son train-train après le départ du soldat. L'éternelle naïveté des guerriers : tous, ils pensent qu'en leur absence, le pays retient son souffle, suspend la fuite des jours, les attend tels qu'ils étaient en partant au front : des « gamins souriants et sans peur », âgés de vingt et un ans, comme le jeune aspirant Schreiber à l'automne de 1939.

Non, le monde n'a cessé de tourner, une nouvelle génération a remplacé celle qui se battait et quand les survivants sont revenus – inévitablement, comme dans tous les pays du monde, à toutes les époques – ils se sont sentis de trop. Partir, c'est mourir un peu, n'est-ce pas ?

Jean-Claude le dit sans amertume : une réalité, à la fois banale et blessante, que, encore dans sa jeunesse, il a su apprivoiser.

En mai 45, au début de son séjour parisien, il met de l'ordre dans son barda, relit les petits calepins où il prenait des notes, entre deux combats, profitant des haltes. Et il retrouve ce qu'il cherchait, se dissimulant à lui-même le but de sa recherche : l'adresse d'une amie, Marie-Andrée, une infirmière qu'il a rencontrée en Afrique du Nord et qui avait accompagné son escadron de chars durant le débarquement en Provence et la rude remontée le long du Rhône...

La jeune femme est à Paris, ils se revoient, revivent leurs souvenirs communs, s'aiment. Pour quelques jours, ces deux êtres éprouvés par la guerre s'éloignent du monde où ils se sentent si étrangers. Ils n'osent pas se l'avouer : leur pays à eux est ce temps de guerre, ces villes aux rues striées de fusillades, ces paroles qui se disaient une minute avant la mort, ces visages qui souriaient et disparaissaient dans le feu – une vie qui n'avait pas besoin de clinquants aphorismes pour être pleine, intense, vraie.

Impur hasard

Les faits sont connus : les futures idoles de l'après-guerre, Sartre, Beauvoir, Camus et consorts sont bien occupés durant ces années 43-45. Des pièces de théâtre (*Les Mouches, Le Malentendu...*) sont montées avec l'assentiment de la censure allemande. Le talent dramaturgique de Sartre est salué par le *Pariser Zeitung*, le roman de Beauvoir, *L'Invitée*, est pressenti pour le Goncourt 1943. « Tout le bonheur auquel j'avais cru renoncer refleurissait ; il me semblait même qu'il n'avait jamais été aussi luxuriant. » La dame est installée à l'hôtel de la Louisiane : « ... aucun de mes abris ne s'était tant approché de mes rêves ».

Le bonheur...

J'entends déjà les remarques grincheuses des historiens qui osent troubler ce doux paradis pour nous rappeler qu'en ces mêmes années de « luxuriant bonheur », les chambres à gaz

102

marchaient à plein régime et quelque part sur la plaine russe, dans la bataille de Koursk, se jouait le sort de la guerre, à coups de millions de morts et de « gueules cassées ». Comment faire taire ces historiens bileux ? Ah oui, ils oublient l'héroïsme de deux illustres maquisards parisiens qui combattent sous les pseudonymes de Miro et Castor. Rassurez-vous, l'identité de ces agents ultrasecrets (Sartre et Beauvoir) se découvre non pas sous la torture à la Gestapo mais à la représentation de *Huis clos*... En janvier 44, la courageuse résistante part faire du ski à Morzine avec son jeune amant Bost. Et au mois de mars, elle assiste à la lecture d'une pièce écrite par Picasso et dont le titre dissipe, chez ces victimes de l'Occupation, toute humeur chagrine : *Le Désir attrapé par la queue*. On peut s'amuser un peu, non ?

Plus tard, cette sotie surréaliste, mise en scène par Camus, donnera lieu à une longue nuit de fête. Les « comédiens », Sartre, Leiris, Beauvoir, Dora Maar se mêlent aux spectateurs, parmi lesquels on aperçoit Georges Braque, Jacques Lacan, Armand Salacrou, Georges Bataille, Jean-Louis Barrault et Madeleine Renaud... La soirée est si réussie que toute cette brillante société décide d'organiser de nouvelles « fiestas » et, d'une nuit à l'autre, de se retrouver ou bien chez Beauvoir, au Louisiane, ou bien dans l'écrin ombragé de la cour de Rohan, chez les Bataille. Au programme : un buffet, du vin, de la musique, des danses, des sketchs, des improvisations vocales de Sartre... Nous sommes sous l'Occupation, Monsieur ! Mais oui, essayez donc de trouver suffisamment de vivres pour chaque fiesta. Les colis que les bien nommés « valisards » font acheminer de la campagne supportent mal la chaleur printanière, ce qui provoque une scène d'anthologie à laquelle assistent, effondrés, Simone de Beauvoir et Jacques-Laurent Bost : Sartre, en lanceur de grenade, jette par la fenêtre un lapin impropre à la consommation...

Ces terribles contraintes du temps de guerre n'empêcheront pas la fiesta la plus grandiose : elle a lieu le 5 juin (oui, la veille du 6 juin 1944...) dans le spacieux appartement, noblesse littéraire oblige, où Hugo avait jadis logé Juliette Drouet. Les hôtes, Charles Dullin et Simone Jolivet, aidés par Sartre et Beauvoir, ont vu large : le salon est noyé de fleurs, les murs – parés de guirlandes et de rubans, le buffet rendrait jaloux les meilleurs traiteurs, le vin coule à flots. Écrivains, éditeurs, comédiens et ce couple le plus en vue : Camus et sa passion du jour, Maria Casarès qui joue dans son *Malentendu* au théâtre des Mathurins.

… C'est cette nuit-là, je crois, qu'un officier américain criera à ses hommes débarqués sur les plages normandes et qui essayaient de s'accrocher aux falaises criblées de balles : « Mourez le plus loin possible, les gars ! »…

J'évoque ces divertissements des « écrivains engagés » pour la seule raison que Jean-Claude m'a parlé d'eux : durant sa très longue vie, il avait croisé certains participants des inoubliables fiestas, et avait même lié un semblant d'amitié avec l'auteur de *La Peste* (plusieurs livres de l'écrivain, affectueusement dédicacés, dorment dans la bibliothèque du vieil homme). Et puisque nous sommes dans le « people » qui ne s'appelait pas encore ainsi, Jean-Claude me confie avec un sourire indulgent : « Sacré coureur, ce Camus. Un jour, il a dragué ma femme Jacqueline avec une telle insistance que j'ai été obligé de m'expliquer avec lui… »

Le temps est passé et, grâce à la clairvoyance et au courage de quelques biographes, les idoles ont perdu de leur dorure. Idolâtres que nous sommes, nous ouvrons enfin les yeux et, perplexes, découvrons la pensée scolaire et brouillonne de leurs œuvres romanesques, un mélange d'enflure humaniste et de postures nietzschéennes dans leur prose philosophique et morale.

La morale… C'est là où le bât blesse !

« Je ne les juge pas, m'a souvent dit Jean-Claude. Qu'ils aient festoyé pendant que les autres allaient au casse-pipe, c'est leur affaire. Dans toutes les guerres, on a vu ça. Oui, les poilus et les planqués. Sauf que ces planqués-là, après la guerre, n'arrêtaient pas de nous donner des leçons de morale. Pour être libre, vous devez faire cela ! Pour être un intellectuel engagé, faites ceci ! Moi, j'ouvre mon Petit Robert et je lis : "Engagement : introduction d'une unité dans la bataille, combat localisé et de courte durée". Et les auteurs du dico auraient pu ajouter que malgré cette "courte durée", on y trouve largement le temps de se faire trouer la peau… »

Il fait entendre un petit rire triste, en citant

cette définition, conscient que sa vérité n'est rien face aux dogmes édictés par les idoles. Chalamov aurait pu sans doute éprouver ce même sentiment : en 1955, presque aveugle, à la santé ravagée, il quittait le goulag – pendant que Sartre, succombant aux charmes du régime soviétique, déclarait que la liberté de penser, en URSS, ne connaissait aucune entrave...

En 45, le lieutenant Schreiber n'a pas suffisamment de recul pour saisir l'esprit du temps, dans cet après-guerre, avec son bouillonnement de mauvaises consciences, de culpabilités déguisées en grimaces de dandys, de contorsions politiques, de lâchetés et de revirements. Pourtant, il comprend la réussite des idoles : leurs écrits offrent une indulgence plénière à cette conscience petite-bourgeoise dont ils sont les flamboyants représentants. Une telle absolution convient à tout le monde, sauf à ceux qui n'ont rien à se reprocher. Comme ce Francis Gilot, le tankiste de dix-huit ans tué pendant la prise de Toulon...

L'armée française devient, d'ailleurs, la première victime de la simonie intellectuelle qui se développe à Saint-Germain-des-Prés pen-

dant que les camarades du lieutenant Schreiber franchissent le Rhin. À leur retour, les jeux
sont faits. Happés par le quotidien, ces retar-
dataires n'ont pas le temps, ni surtout l'entre-
gent « médiatique » nécessaire, pour rétablir la
vérité. Et, quelques années plus tard, l'ombre
de l'Indochine et de l'Algérie les entraînera
vers des causes encore plus difficiles à plai-
der.

Il n'y a finalement qu'une seule façon,
pour un soldat, de s'opposer aux mensonges
des idoles : raconter sa vie. Par la fantaisie
d'un hasard, l'une des fiestas parisiennes s'est
peut-être déroulée pendant que son escadron
de chars montait au combat. Deux événements, parfaitement synchrones. Dans un bel
appartement, décoré de fleurs, se donne une
fête mêlant musique, chansons, vin, ripaille,
humour, traits d'esprit, manœuvres de séduc-
tion, baisers, nouveaux livres passant de mains
en mains, oui, ce tourbillon de corps jeunes et
repus, de visages souriants, de regards voilés
du désir, le frétillement de tous ces Jean-Paul,
Simone, Michel, Albert, Georges, Maria,
Olga, Pablo, Wanda... Et sur cette même
terre, dans ce même pays, au même moment,

au milieu d'une plaine glacée et secouée d'explosions, un jeune officier, debout sur son char, lance un cri à ses deux camarades blessés. Ils rampent, en laissant dans la neige une longue trace de sang. « Leper, Catherineau ! Tenez le coup ! » Il saute à terre, court sous un sifflement de balles et d'éclats, aide les soldats à se cacher derrière son char. L'un d'eux a perdu un bras, l'autre a un pied arraché par un obus.

Ce synchronisme-là se passe de tout commentaire.

La justesse de l'option du silence face à l'imposture des idoles m'est apparue quand, un jour, j'ai demandé à Jean-Claude pourquoi, connaissant de près ou de loin tout ce beau monde intellectuel, il n'avait jamais essayé de leur dire ce qu'il avait véritablement vécu, souffert, compris, grâce à la guerre... Son visage a composé une petite moue ironique, préparant une réponse en raccourci – pour s'épargner sans doute l'aveu qu'il hésitait à lâcher. Puis, soudain, ses traits se sont figés et il a fini par murmurer :

« J'avais parmi mes amis plusieurs rescapés des camps nazis... Ils ne se confiaient jamais et, en plein été, portaient des manches longues – pour qu'on ne voie pas le numéro tatoué sur leur poignet. Comme pour la guerre – mais plus radicalement encore –, ce qu'ils ont subi ne pouvait pas être exprimé dans notre langage humain. Pourtant, il y avait aussi une autre raison à ce mutisme. Ils auraient pu tout dire, mais ils ne voulaient pas parler aux gens qui buvaient tranquillement leur verre à la terrasse d'un café, mangeaient leur entrecôte, allaient au cinéma, se téléphonaient pour s'inviter à un dîner. Ou à une "fiesta"… J'ai surtout compris que le silence était leur unique bien. Tout leur avait été pris : leur santé, leur jeunesse, la vie de leurs proches, la foi qu'ils avaient en l'humanité. Tout, sauf ce numéro qu'ils cachaient. Et leur silence… »

Il s'est tu puis, comme toujours, cherchant à éviter une réflexion trop grave, il a ajouté : « Donc, en parlant à Camus, je préférais plutôt l'engueuler, gentiment, pour qu'il arrête d'embêter mon épouse… »

Le 15 mai 45, sur le pont de l'Alma, le lieutenant Schreiber croise celui qui a beaucoup compté dans son destin de soldat : le capitaine de Pazzis, chef d'escadron au 5e régiment de chasseurs d'Afrique. L'homme l'étreint avec chaleur, exprime sa joie des retrouvailles (« Sacré Schreiber, vous vous en êtes sorti ! »), puis, reculant d'un pas, il examine l'uniforme de son jeune camarade.

« Attendez, mais cette croix, où est-elle ?

– Vous voulez dire la Légion d'honneur, mon capitaine ? »

Il voit Pazzis blêmir d'indignation : « Non, je ne laisserai pas passer ça ! » s'exclame l'officier et, sans rien expliquer, il s'en va au ministère de la Guerre… En novembre 1944, au moment de quitter l'escadron, Pazzis a donné une consigne très claire à son successeur, le capitaine de la Lance : « J'ai été avare en matière de décorations. Surtout à l'égard de Schreiber. Il a mérité vingt fois la croix de la Légion d'honneur. À la première occasion, remédiez, je vous prie, à cette injustice. » Quand, quelques mois plus tard, deux officiers ont rappelé au capitaine de la Lance cette demande, sa réponse est tombée tel un couperet : « Je sais que Schreiber a depuis longtemps mérité la Croix. Mais jamais un Juif n'aura la Légion d'honneur sous mes ordres ! »

Étranger dans ce Paris festif, le lieutenant se dit que ce sont peut-être ses origines qui jouent, encore une fois, contre lui... Il s'accroche à cette raison, elle lui paraît moins dure à supporter que l'abîme de six années de guerre qui le transforme en un fantôme égaré dans un monde d'indifférents.

À double tranchant

Les brimades suscitées par ses origines ont commencé dès son adolescence, et c'est pour cela, peut-être, que Jean-Claude en parle sur un ton si détaché – une vieille histoire, en somme.

Élève au lycée Janson-de-Sailly, combien de fois, au moment où il cherchait à gagner la camaraderie des autres, lui est-il arrivé d'entendre : « Fous le camp, sale Juif ! On t'a pas convoqué. » Suffisamment téméraire, il ripostait, des coups pleuvaient, il revenait à la maison, les lèvres en sang... Une France foncièrement antisémite ? Le pauvre petit Schreiber condamné à subir les exactions de brutes ?

Ce « pauvre petit » sera bientôt membre de la Ligue internationale des combattants de la paix et se battra contre les militants des Croix-de-Feu. Et parmi ses meilleurs amis figureront deux jeunes aristocrates français, Féral et

Curial, deux barons qui, comme lui, se feront agonir d'insultes peu raffinées : « Mort aux Juifs ! »

En 1940, le jeune aspirant Schreiber partage son premier déjeuner avec les officiers du régiment. L'un d'eux, sans vraiment baisser la voix, se met à déblatérer contre le peu de courage que manifestent d'habitude, selon lui, les Juifs. Schreiber se lève et demande au lieutenant-colonel Poupel l'autorisation d'aller « casser la gueule à ce bonhomme ». Mais le « bonhomme » quitte déjà sa place et avance vers l'aspirant, la main tendue : « Schreiber, je l'ai fait exprès. Je voulais savoir si vous en aviez. Et vous en avez ! Ne m'en veuillez pas et acceptez, s'il vous plaît, mon amitié. » Il s'agit du lieutenant Ville, celui qui inscrira dans le *Journal des marches* du 4e cuirassiers tout un poème parlant d'un « gosse souriant et sans peur » : ce même aspirant Schreiber, ce Juif prétendument craintif et dont la bravoure étonnera même les « vieux guerriers ».

Bien plus tard, en 42, dans le camp de concentration de Miranda del Ebro, les origines de Jean-Claude Schreiber provoquent, comme on l'a déjà vu, la suspicion d'un autre officier, le capitaine Combaud de Roquebrune. Un bref test s'impose : « Guy, et si je vous demandais la main de votre fille ? » « Je vous l'accorderai. Mais mon fils n'épouserait jamais votre fille. À cause du sang... » C'était encore l'époque où le politiquement correct n'interdisait pas d'exprimer ses préjugés. Ce qui permettait aux personnes honnêtes et sincères de s'en débarrasser... Le capitaine se montre, par ailleurs, curieux d'assister à l'opération que pratique sur le prisonnier Schreiber un médecin, prisonnier lui aussi, armé d'une lame découpée dans une boîte de conserve. Les phlegmons sont incisés, sans anesthésie aucune, le patient serre les dents, n'émettant pas la moindre plainte... Après l'intervention, il demande à Combaud de Roquebrune : « Puis-je savoir, mon capitaine, pourquoi vous avez honoré de votre présence cet acte de chirurgie quelque peu moyenâgeux ? » L'officier paraît confus, allègue des raisons assez improbables, puis avoue : « Voyez-vous, Jean-Claude... On m'a toujours dit que les Juifs ne supportaient pas la douleur et, à la moindre piqûre, hurlaient comme des cochons qu'on égorge. Je vois maintenant que c'était un mensonge ridicule et... Je vous demande pardon. »

Durant les premières journées de l'après-guerre, à Paris, Jean-Claude essaie d'expliquer son impression d'isolement par cette ancestrale méfiance que son nom et sa naissance – son sang « différent » – provoquent chez les autres. Il se souviendra des situations où une attitude de rejet ou de mépris l'a fait souffrir, des conflits souvent mesquins et d'autant plus blessants...

Et pourtant, il sait que ce n'est pas cela qui, en ce mois de mai 45, le rend si étranger aux yeux des Parisiens fêtant *leur* victoire.

C'est sa vie même qui l'éloigne de ses compatriotes. Il devient un témoin gênant. Chez certains, le retour de ce soldat éveille la mauvaise conscience de leur sage inaction pendant l'Occupation. Quant aux plus jeunes, ils sont agacés que ce lieutenant Schreiber surplombe de son ombre de combattant leur sémillante et insouciante jeunesse. Leurs yeux reflètent les arbres fleuris des boulevards. Les siens – les plaines neigeuses noircies par les explosions et balisées par des morts. Leurs oreilles sont bercées par des ondulations lascives de saxos. Son ouïe à lui résonne de cris de blessés, du cognement des éclats sur le blindage. Eux, ils théorisent l'existence dans de jolies formules, lui porte dans sa mémoire, dans son corps meurtri, la densité d'une existence qui dément, par sa vérité, toutes ces charmantes gloses.

Une sentinelle sans relève

Il retourne à Berlin, vers sa nouvelle affectation, surtout pour se donner l'assurance
que le fil de sa vie de soldat peut être encore
renoué. Très vite, il se rend compte que ce
n'est qu'une illusion – le guerrier qu'il est ne
s'habitue pas facilement à la routine bureaucratique des états-majors...

En mars 46, le lieutenant Schreiber revient
à Paris. Définitivement. Le théâtre de l'après-
guerre l'attend. Il faudra y choisir un rôle,
accepter les règles du jeu, interpréter un
personnage dans la grande mise en scène
humaine. Cacher aux autres ce qu'il a vécu
à la guerre, éviter d'évoquer les combats, les
chars en feu, les camarades dont les ombres ne
reviendront vers lui qu'en rêve ou bien dans
de rares moments de solitude : le lieutenant-
colonel Poupel, le capitaine de Pazzis, ce chapelet de noms et de visages qui surgiront du

fond de ses insomnies – Berton, Gilot, Leper, Catherineau...

Il sait que pour réussir sa nouvelle vie, il y aura un prix à payer : l'oubli.

En vérité cet effacement plus ou moins consenti ne cessera jamais. Non, bien sûr, il lui arrive de raconter ses années de guerre. Mais le plus important, il en est conscient, n'est jamais dit. Pour ne pas ennuyer ceux qui l'écoutent, il adopte un ton léger, pimenté d'anecdotes et de bons mots. Peu à peu, sa vie de soldat se fige dans un feuilleton d'épisodes à la fois réalistes et divertissants, mais surtout adaptés à l'esprit « zappeur » d'éventuels auditeurs. Il n'est pas dupe : cette manière « stylisée » de rappeler le passé n'est qu'une façon d'oublier le vrai lieutenant Schreiber. De le trahir ? Ou peut-être, se dit-il parfois, de mieux le protéger de la curiosité volage des indifférents ?

Les jeux du monde l'entraînent dans leur manège. Il joue avec talent – gagne, perd, triomphe, chute, rebondit. Journalisme, diplomatie, politique, publicité, relations publiques... La passion de ces joutes, professionnelles et mondaines, semble effacer dans sa mémoire ses souvenirs de jeunesse. Sur les photos, on le voit en smoking, un sourire qu'on dit hollywoodien, de belles créatures à son bras. New York, Shanghai, Sydney, Tokyo, Londres, Dakar, San Francisco, Montréal... La grisante urgence du quotidien, la rivalité et les rapports de force, l'affrontement idéologique, quels formidables excitants ! Et aussi d'excellentes drogues de l'oubli...

Il s'enorgueillit de fréquenter les grands de ce spectacle du monde : de Gaulle, Pompidou, Giscard, Mitterrand, Chirac... Il en parle dans un livre, en traçant une frontière bien nette entre le premier et ceux qui ont suivi... Réussites, défaites, revanches, femmes, beaucoup de femmes, des amis qu'il faut craindre, des ennemis qui finissent par forcer l'admiration tant leur hostilité est constante...

Il a connu tout cela, il a même appris que, derrière ce tourbillon de masques, se cache toujours un très grand vide.

Oui, le succès et l'échec, ces deux imposteurs...

Et puis le siècle (le millénaire !) s'achève et le vieil homme se rend compte que sa vie contient, autant qu'une existence humaine en est capable, l'essence de ce xxᵉ siècle. Guerres, soubresauts politiques, modes intellectuelles, fugaces lubies artistiques, délires technicistes, ce flot de nouveautés dont notre esprit n'a plus le temps de définir le sens ni de prévoir les suites.

Un futur de plus en plus immédiat et envahissant annule le temps où l'on pouvait encore se tourner vers le passé, se souvenir, parler en silence à ceux qui ne sont plus là.

Il découvre surtout que depuis toutes ces décennies (depuis une vie !) un jeune soldat, en lui, restait fidèle à la mémoire de ses compagnons d'armes, gardant dans ses souvenirs le nom de chacun, se rappelant leur courage et leurs fragilités d'hommes, leurs joies, leurs blessures, leur mort.

Telle une sentinelle refusant la relève, le lieutenant Schreiber veillait sur ce passé qui n'intéressait plus personne.

Le vieil homme a quatre-vingt-huit ans quand, dans une librairie, un titre insolite attire son regard : *Cette France qu'on oublie d'aimer*. Il sourit en pensant au monde actuel où l'on ne jure que par mondialisation, globalisation et autres fantasmes planétaires. Un monde où les humains sont très fiers de bouger sans cesse, ne remarquant pas que ce « bougisme » obsessionnel obéit aux grands flux des marchandises et des capitaux, au pillage d'un continent au profit d'un autre, à la servitude touristique...

Il commence à tourner les pages : une certaine idée de la France, patrie, de Gaulle... Un coup d'œil sur le nom de l'auteur. Ah, il faut vraiment être un étranger pour écrire cela. Il soupire : « Le mot de patrie est devenu presque un gros mot de nos jours. Comment se fait-il que mon attachement à cette terre française ne m'ait jamais empêché de parcourir le monde, de parler plusieurs langues, tout en sachant que ma patrie est bien là, en France, dans le petit village de Montfrin que j'ai libéré, en 44, avec mon peloton de chars ? »

Il reprend le chapitre interrompu et, soudain, les lignes frémissent sous ses yeux ! *À la mémoire du colonel Desazars de Montgailhard. À la mémoire du capitaine parachutiste Combaud de Roquebrune. Tous deux tués, en 1944, pour la libération de la France.*

C'est avec le regard du jeune lieutenant Schreiber qu'il poursuit sa lecture : « L'effectif de la division est à présent réduit à quelques hommes. À dix-huit heures, l'ennemi qui veut en finir lance une attaque en masse. Utilisant les munitions des blessés et des morts, les cavaliers de la 2e division résistent. Les mitrailleuses tirent leurs dernières bandes. L'ennemi est repoussé... »

Dès notre première rencontre, le récit de Jean-Claude allait devenir un écho profond des destins français dont, à l'époque, je ne connaissais que quelques fragments. Une voix ample, nuancée qui, par sa force d'évocation, donnait à chaque personnage (que ce soit un chef d'armée ou un simple soldat) un vrai relief de destin.

Un jour, on le sait, Jean-Claude s'était mis à énumérer ses camarades de régiment, présents sur une vieille photo. Une silhouette est restée innommée – un homme de grande taille, au sourire triste. « Attendez, son nom va me revenir. C'est un gars qui a été tué à Dunkerque. Il s'appelait... Ah ! »

L'idée du livre est venue de ce bref silence de la mémoire. Le soldat, oublié sur un cliché de guerre, devait absolument retrouver son nom.

IV

La guerre des mots

Un personnage en quête de livre

C'est quelqu'un qui est né sept mois avant l'armistice du 11 novembre 1918 ! Quelqu'un qui, en 1935, à l'âge de dix-sept ans, a visité en solitaire d'abord l'Allemagne hitlérienne et puis – l'URSS de Staline ! Quelqu'un qui, dès 1939, s'est engagé dans l'armée, a fait la campagne de France, tout en étant d'origine allemande, a été blessé, a assisté au départ du *Massilia* car sa mère était du voyage. Quelqu'un qui, dans la maison de ses parents, a croisé Masaryk, Herriot, Laval, Daladier (ce dernier lui ayant conseillé de faire son service militaire dans la cavalerie blindée). Quelqu'un qui a participé à la Résistance, a été emprisonné dans un camp de concentration en Espagne, a pris part au débarquement en Provence en 44 et aux combats en Allemagne en 45. Quelqu'un qui a connu personnellement tous les présidents de la Cinquième République. Quelqu'un qui a dû protéger la moralité d'une de ses épouses contre les assauts donjuanesques d'un séducteur nommé Albert Camus. Quelqu'un qui, à quatre-vingt-dix ans passés, garde une mémoire de jeune homme et l'énergie d'un lutteur. Enfin, ce quelqu'un est un Servan-Schreiber !

C'est ainsi, à peu près, que je présentais le projet des souvenirs de Jean-Claude aux maisons d'édition. Ma certitude était absolue : un tel sujet ne pouvait que remporter une adhésion immédiate, enthousiaste, presque béate. La chance de publier un témoignage pareil arrive une fois tous les cinquante ans ! Ce que j'ai expliqué au premier éditeur contacté, ne cherchant même pas à défendre ma cause tant la valeur de l'ouvrage futur me paraissait évidente…

Le refus a été à la fois hésitant et définitif. Non, vous savez, la crise de l'édition, la baisse des ventes, la concurrence d'Internet, mais oui, les gens ne lisent plus, si, enfin, ils lisent mais les priorités ont changé, les Français aiment le genre léger, oui, des romans, de l'autofiction surtout, c'est ça, des atmosphères un peu exhibitionnistes, des situations

psychologiques un peu glauques qui leur rap-
pellent, mais en plus tordu, leur propre vie,
de l'eau de rose aussi, ils veulent se reconnaître dans les personnages, alors que là, avec
votre vieux soldat, aucune identification possible, et puis les lecteurs sont surtout des lectrices, et comme les femmes n'affectionnent
pas trop les livres sur la guerre, alors... Non,
ce n'est pas un projet viable.

Je suis parti, le traitant en pensée de sombre
idiot, de marchand de papier, de beauf déguisé
en intellectuel. Je croyais qu'il s'agissait d'un
simple malentendu.

Pourtant, ceux que j'allais approcher, les
jours suivants, ne se montreraient pas très
différents dans leur jugement. La chute
des tirages, l'intérêt des lecteurs qui visent
des sujets plus « branchés », la « pipôlisa-
tion » des cerveaux, les jeunes qui préfèrent la
brillance de l'écran au froissement des pages...
D'accord, votre lieutenant Schreiber a débarqué à Toulon, a libéré l'Alsace, a rencontré
de Gaulle... Mais c'était il y a mille ans, cher
monsieur ! Il y a des sujets plus actuels. Qui
va acheter ses vieux souvenirs ? Si, au moins,
il était question de je ne sais quelle intrigue
dans les états-majors, un truc d'espionnage,

une histoire d'amour, par exemple, entre une Française et un officier allemand... Mais ce que vous citez, ces combats, ces chars, ce n'est vraiment pas sexy...

Je ne caricature rien, j'ai noté ces arguments et, avec recul, je ne les trouve pas particulièrement absurdes. Deux ou trois éditeurs ont refusé le projet, tout en reconnaissant sa force. L'un d'eux m'a paru sincèrement gêné, comme si, devant l'étranger que j'étais, il se sentait responsable de la réputation littéraire de son pays et de son héritage intellectuel : « Que voulez-vous ? Vous voyez bien qui sont nos nouveaux maîtres à penser – les footballeurs ! On les entend sur toutes les ondes avec leur vocabulaire de trente mots, employés à contresens. Eux et leurs entraîneurs. Il suffit de comparer le temps médiatique consacré au sport avec les bribes qui restent pour les livres. D'ailleurs, c'est parmi les sportifs, souvent installés en Suisse, que les Français choisissent leur "personnalité préférée"... »

À dire vrai, j'ai vécu ces entretiens comme des séquences de mauvais songe. Chaque fois, je me disais que j'allais me réveiller et alors, ce même homme qui était en train d'enter-

rer notre projet déclarerait avec un clin d'œil :
« Mais non, je plaisante ! L'idée est extraordinaire. Et ce jeune soldat, quel destin ! Parlons
du contrat... » À aucun moment, je n'ai cru
que la vie du lieutenant Schreiber puisse être
interdite de parole.

J'ai fini par changer de stratégie. Au début
de la conversation, j'abondais dans le sens des
éditeurs. Oui, des écrits légers, des romans
jetables, la littérature de divertissement, des
auteurs qui prostituent leur plume et encom-
brent les librairies. Oui, les dures lois du mar-
ché, la crétinisation des masses par les séries
télévisées et les livres qui imitent ces séries.
Oui, des personnages qui plaisent car ils légiti-
ment la médiocrité et le lamentable confort
de la pensée tiède...

Puis, je passais à l'offensive. Imaginez,
disais-je : au milieu de tous ces ectoplasmes
névrotiques qui grouillent dans la production
romanesque d'aujourd'hui, se dresse soudain
un vrai héros de roman, mieux, un homme
réel qui, au lieu d'étaler ses platitudes nombri-
listes, raconte humblement ce qu'il a vécu – et
il l'a vécu dans l'intensité extrême qu'impose
au guerrier le risque mortel de chaque instant !
Sa vie si voisine du néant, la fraternité des

vaincus, la bravoure sans éclat, la poignante brièveté de l'amour, la sagesse qu'on acquiert non pas en jonglant avec des concepts lyophilisés mais en sauvant un camarade sous des rafales de mitraille, en offrant sa tendresse à une femme, cette infirmière, qui a passé de longs mois à retenir les soldats sur la dernière marche d'avant la mort...

C'était sans doute la façon la plus sincère et la plus maladroite de parler d'un livre futur. En tout cas, parfaitement inefficace. N'est pas agent littéraire qui veut.

Je n'ai jamais fait part de mes déboires à Jean-Claude. Le temps passait et, pour dissimuler un échec après l'autre, j'invoquais le catalogue insuffisamment prestigieux de tel éditeur, le service de presse somnolent de tel autre... « Non, non, Jean-Claude, il faudra absolument éviter celui-ci, il ne sera pas capable de défendre votre livre... » Je gagnais un mois de plus. Nous savions très bien, cependant, ce que pouvait signifier, à son âge, chaque délai supplémentaire.

Je me souviens aussi d'un dîner pendant lequel nous avons presque cru avoir gain de cause. « Nous » car, ce soir-là, Jean-Claude avait décidé de venir pour rencontrer ceux qui allaient, probablement, prendre en main le sort de ses Mémoires. Un tour de table conçu en vue d'une réussite : un éditeur (honnête et véritablement professionnel), deux journalistes attentifs et compétents (une femme et un homme) et nous deux. Tout progressait dans le bon sens : la parole de Jean-Claude portait, sa présence (oui, un beau vieillard à la Kirk Douglas) en imposait, son récit – entre ses états de service d'officier et ses entretiens avec de Gaulle – ne pouvait qu'éveiller la curiosité des convives... Pourtant, quand il a fallu se décider, envisager une date, prévoir un travail de rédaction, les propos sont devenus fuyants, dilatoires, noyant le projet dans un avenir hypothétique. J'ai insisté, n'obtenant que des assurances encore plus évasives...

C'est alors que Jean-Claude a fait exactement ce qu'il fallait faire : il s'est levé, saluant tout le monde avec une courtoisie brève, digne et il est parti. J'aurais dû l'accompagner, mais j'espérais encore remporter la mise... La conversation a repris avec un mélange de soulagement et de malaise.

Je comprenais que la situation était délicate : personne autour de la table n'était réellement contre ce projet, tous reconnaissaient son intérêt et pourtant, comme par une étrange malédiction, il ne pouvait pas se réaliser. Cette malédiction n'avait rien de mystérieux, je l'avais déjà observée au cours des rencontres précédentes, non, aucun secret, des raisons banalement pratiques : l'âge de l'auteur (à quatre-vingt-dix ans, comment le « lancer » ?), un sujet fabuleux, certes, mais qui ne saura jamais se frayer un chemin au milieu des pyramides de « thrillers » et de « people ». Enfin, même d'un tirage modeste, une telle publication se fera inévitablement à perte...

Des gens plutôt bienveillants, compréhensifs, et qui, par pur réalisme économique, se résignaient à assassiner un livre. Durant toute ma vie, je n'avais jamais éprouvé aussi douloureusement le poids de la matière sur les élans fragiles de notre esprit. Perdu dans les brumes lointaines de ma jeunesse, Marx m'envoyait un clin d'œil moqueur : « Je te l'avais bien dit, non ? Les produits de l'esprit, une marchandise comme une autre. » Et Lénine, plus péremptoire, martelait : « La liberté du créateur

134

dans la société capitaliste n'est qu'une servitude déguisée vis-à-vis d'un sac d'argent. »

Je citais, mi-sérieux, ces adages en expliquant à Jean-Claude pourquoi j'avais dû (soi-disant) rejeter les avances d'un éditeur de plus, trop mercantile pour le futur livre du lieutenant Schreiber. Je ne sais pas s'il me croyait. Depuis le dîner qu'il avait quitté bien avant la fin, il semblait plus détaché, comme si, devinant déjà l'indifférence des autres, il n'osait pas encore me dire : « Laissons tout cela. Vous voyez bien que ce passé n'intéresse personne. Cette indifférence-là, je l'ai déjà connue. Le 8 mai 1945, à mon retour du front... »

Il ne l'a pas dit, j'ai poursuivi mes démarches jusqu'à tomber (bien bas) sur un éditeur qui m'a annoncé sans ambages : « Écoutez, s'il pouvait parler de toutes ses maîtresses, votre Schreiber. Comment ? Camus a essayé de draguer sa femme ? Oui, je connais cette histoire. Mais Camus à côté de lui était un séminariste. Vous savez que ce Servan-Schreiber portait le titre de plus grand séducteur de la Cinquième République ? »

Il a employé un mot assez ordurier à la place de « séducteur ». L'envie de le gifler était vive mais il était bien plus âgé que moi et puis, j'ai toujours lié ce genre de grivoiseries au folklore gaulois que les Français forcent un peu en parlant aux étrangers. Et surtout, j'espérais qu'après cette ânerie, il se calmerait et parlerait du projet... Hélas, écrire sur le harem du « séducteur » était pour lui la condition même de la publication.

Le temps filait – un an de plus s'est ajouté à l'âge de Jean-Claude. Je n'ai pas pu, pour cet anniversaire, trouver celui qui, dans l'aventure de ces quatre-vingt-onze ans, aurait vu un livre.

Cacher l'accumulation de refus me devenait de moins en moins aisé, je les dissimulais sous des plaisanteries bravaches qui déridaient si bien le vieil homme : « Attendez un peu, Jean-Claude, nous irons pendre notre linge sur leur ligne Siegfried ! » Avec un petit soupir feint, il rétorquait, d'un air de boutade : « Oui, on me l'avait déjà promis, en mai 1940... »

L'ère du soupçon

Le lendemain de son anniversaire, je suis allé voir l'éditeur qui avait publié certains de mes livres, le Seuil. Je ne l'avais pas fait auparavant, car la maison vivait alors des jours difficiles (Olivier Bétourné n'était pas encore là pour ressaisir la barre). Le bateau gîtait, prenait l'eau, les auteurs pagayaient, nombreux, vers des paquebots plus solides. Embarquer le vieil homme sur un *Titanic* n'était pas un choix judicieux. Je voulais, par ailleurs, m'écarter de la rédaction de son livre, limitant mon rôle à celui d'intermédiaire. Plus tard, me disais-je, l'éditeur trouverait un rédacteur expérimenté qui, bien mieux que moi, saurait rendre à ces souvenirs une forme savamment charpentée, concise, oui, « journalistique » au bon sens du terme...

J'ai rencontré donc celui qui m'éditait au Seuil, lui narrant l'homme et son destin. Et passant sous silence mes multiples rebuffades... Que l'écrivain qui n'a jamais menti aux éditeurs me jette la première pierre !

Ce directeur littéraire, Bertrand Visage, a exprimé un enthousiasme frôlant l'extase, un soutien sans réserve. Sa conviction était si évidente qu'immédiatement après le rendez-vous, j'ai appelé mon ami : « Jean-Claude, on les aura ! La ligne Siegfried est à la portée de nos chars... »

Le soir, le vieil homme paraissait transfiguré, rajeuni et, un verre de whisky à la main, il a évoqué longuement ces années de guerre où le monde d'indifférents avait oublié le lieutenant Schreiber et ses compagnons d'armes. Il parlait avec une intonation nouvelle, un peu moins déliée que d'habitude, comme si les mots qu'il prononçait s'inscrivaient déjà sur une page...

Jamais la publication d'aucun de mes livres ne m'avait donné autant de joie que ce projet enfin accepté !

Une semaine plus tard, Bertrand Visage, qui avait avisé la direction du Seuil, m'a rappelé. Sa voix était cassée : on ne voulait pas de ces souvenirs de guerre dans les collections de la maison... Une réunion, disait-il, avait été expressément organisée, vu la personnalité non négligeable de l'auteur (un Servan-Schreiber !). Le projet a été examiné, évalué, rejeté.

Je connais les participants de ce concile mais je n'en parlerai pas car cela me paraît bien insignifiant face à la douleur que leur décision avait causée au vieil homme.

Ce refus-là a été beaucoup plus difficile à cacher. J'ai expliqué à Jean-Claude que cette maison d'édition n'était pas, non plus, à la hauteur de ce qu'il allait raconter dans son texte... Pour la première fois, depuis le début de notre ordalie éditoriale, il a dû faire semblant de me croire, en exagérant même sa crédulité : « Bon, une de perdue, deux de retrouvées... Surtout si vous dites qu'ils sont en train de couler, les pauvres... »

La décision du Seuil, par son côté « conciliabule », a éveillé en moi un soupçon : y avait-il, dans la vie du vieil homme, des éléments qui m'étaient inconnus ? Des ennemis influents dont la nuisance rendait épineuse la publication de ses Mémoires ? La production livresque abondante d'autres Servan-

Schreiber desservait-elle notre modeste projet ? Ou bien s'agissait-il carrément de l'opposition du clan familial, qui aurait craint le franc-parler de Jean-Claude ? Ou, pis encore, d'éventuelles zones d'ombre dans sa biographie, pareilles à ces vilains petits secrets que les Français ont l'art de dénicher dans le passé de leurs grands hommes. Oui, une quelconque francisque traînant dans un vieux tiroir, un destin usurpé de résistant, un galon indûment cousu à une manche d'uniforme trop lisse.

Dans le cas du lieutenant Schreiber, cette suspicion n'avait pas de sens. Jamais il n'avait revendiqué pour lui un héroïsme surhumain, une gloire claironnante. S'il parlait de sa guerre, de ses blessures, de ses décorations, c'était seulement pour répondre à mes questions et cela avec une humilité prudente, une autocensure même, qui lui interdisait tout étalage de ses exploits. Sa participation à la Résistance se limitait, disait-il, à quelques faits simples (« J'ai transmis des armes à mes camarades... »). Quant à ses qualités d'officier... Voilà ce que notait le commandant du 4ᵉ cuirassiers le 20 janvier 1941 (une date, reconnaissons-le, peu propice pour tresser des lauriers à un militaire d'origine juive) :

« Jeune aspirant de réserve d'une vitalité et d'un esprit exceptionnels. A donné sa mesure dès le début de la campagne, volontaire pour toutes les missions difficiles. A mérité deux belles citations. A été blessé au combat. D'une culture très étendue, d'une intelligence très vive, d'une mentalité très sympathique, il a toutes les qualités pour faire un excellent officier. »

Dois-je préciser que ce n'est pas Jean-Claude qui m'a parlé de cette notation ? Je l'ai retrouvée au moment où j'entreprenais des « vérifications », en essayant de comprendre ce qui pouvait effaroucher les prudes comités de lecture.

On sait déjà que cet aspirant Schreiber promis à « faire un excellent officier » sera renvoyé de l'armée en avril 41, en tant que juif... J'ai poussé mes recherches aussi dans cette direction-là : peut-être ce renvoi arrangeait-il le jeune militaire qui en avait assez de s'exposer aux obus ? Cette mesure antisémite n'était-elle pas, finalement, une issue de secours secrètement désirée ? Une esquive ? Une occasion de partir en victime ? Une « planque » moralement inattaquable ?

Je vois bon nombre de romanciers qu'un tel sujet enchanterait : la littérature actuelle adore ces eaux troubles, ces psychologies vaseuses. La souillure et l'équivoque, les sommets de la complexité humaine !

Navré de vous décevoir, chers confrères écrivains. La complexité du lieutenant Schreiber est ailleurs. Elle se révèle dans une lettre qu'il adressait à son colonel, en cette même année 41 : « ... Quoique catholique de religion, je suis d'origine israélite. Mais l'idée que je ne puisse pas servir mon pays dans les mêmes conditions que tous mes compatriotes m'est douloureuse et insupportable. Je souhaite que l'on donne sa chance à un jeune aspirant de cavalerie de 23 ans à peine et qu'on lui permette de prouver, tant dans la vie militaire que dans la vie civile, qu'il a raison d'être fier d'être français... »

De belles paroles ? De la rhétorique ? Les actes viendront bientôt : la Résistance, le passage en Espagne, un séjour dans un camp de concentration, l'Afrique du Nord où l'armée incorpore celui dont elle ne voulait pas en France, le Débarquement, la Libération...

Trop simple, n'est-ce pas, pour un roman moderne ?

Le soir où je lui ai annoncé, à mots couverts, la reculade du Seuil, il m'a montré une photo retrouvée dans l'un des cartons d'où, sur mes demandes pressantes, il retirait de temps en temps un vieux calepin, un cliché jauni et couvert d'une fine résille de craquelures. Celui-ci représentait la berge du Rhin, grise, morne, des arbres ébranchés par des éclats d'obus, les silhouettes des soldats du génie, ces sapeurs qui, sous un feu d'artillerie incessant, montaient le pont pour faire passer les chars...

Jean-Claude a mis ses lunettes, examiné la photo, en secouant légèrement la tête. « C'est surtout ces gars-là qui ont souffert durant le passage en Allemagne. Dans nos blindés, nous étions plus ou moins à l'abri. Eux, les pontonniers, sur la berge nue, formaient des cibles sans défense. De chaque unité, il ne restait que quelques survivants. Et puis, l'infanterie, bien sûr. Beaucoup d'Algériens et de Marocains. Ils ont réussi à franchir le fleuve, à s'accrocher sur la rive droite... Les pertes en hommes étaient énormes ! Quand nous avons fait la traversée, il y avait des morts partout. J'ai vu quelques survivants d'un RTM, oui, le régiment de tirailleurs marocains, et puis, ce soldat-là, il était étendu, tué, les yeux grand ouverts et... pleins de larmes, comme si au dernier moment, il avait deviné ce qui lui arrivait. Un tout jeune garçon... »

En écoutant le lieutenant Schreiber, j'ai compris qu'exalter son rôle dans la guerre n'avait jamais été son idée fixe. Cet effacement de l'ego permettait à sa mémoire de sauver dans la masse indistincte des vivants et des morts – un visage, une parole, une effigie fugace de l'autre.

Ce soir de notre défaite, je me disais aussi qu'un seul fragment – oui, un ciel gris reflété dans ces jeunes yeux morts, remplis de larmes – valait plus, dans son insondable simplicité, que toute cette littérature des petites névroses contemporaines.

Le vrai sens du mot « gentleman »

Un éditeur trop *old-fashioned* : tweed, nœud papillon et cette empreinte indélébile de l'esprit britannique dans les manières, le langage, l'humour (son père était un sujet de la reine malgré son nom français). Charles F. Dupêchez, cinquante-six ans, dirige depuis plus de deux décennies les éditions Pygmalion.

Dans mon esprit, les Mémoires de Jean-Claude ne pouvaient en aucun cas être publiés là. Incompatibilité stylistique, pour ainsi dire. Je préférais d'ailleurs réfléchir en termes froidement tactiques (n'étais-je pas, temporairement, son agent littéraire ?) : Pygmalion, petit éditeur, peu de moyens, force de frappe médiatique restreinte, et donc il aurait fallu que son équipe fasse preuve d'une abnégation très peu commerciale, presque d'un tempérament kamikaze, pour que le projet de Jean-Claude puisse voir le jour. Surtout que même les maisons puissantes et prospères l'avaient dédaigné.

J'avais pris rendez-vous plutôt par acquit de conscience. Charles Dupêchez a écouté ma plaidoirie avec une attention polie mais sans aucun signe qui aurait pu trahir son intérêt. Il m'a promis de me téléphoner le lendemain...

La brièveté du délai m'indiquait clairement que cela allait être un refus – l'éditeur voulait tout simplement atténuer la brusquerie de son jugement par ces vingt-quatre heures d'attente respectant les usages.

Il m'a rappelé le matin pour me dire ce que j'ai déjà entendu tant de fois : la défection des lecteurs happés par le divertissement, la peau de chagrin de la vraie littérature, l'actualisme effréné qui dévalorise le passé et ses témoins. Et aussi, hélas, la taille de Pygmalion lui interdisant de prendre trop de risques... Oui, il a répété les arguments de ses confrères, sur un ton plus poli, il est vrai.

J'allais le remercier et raccrocher quand, sans marquer de transition, toujours avec cette voix égale et que, pour faire vite, je pourrais identifier comme l'un des aspects du flegme britannique, il m'a informé qu'il était tout à

fait disposé à publier les souvenirs du lieutenant Schreiber.

Ma perplexité était telle qu'involontaire-
ment, je me suis mis à évoquer les embûches
auxquelles il s'exposait : un auteur de cet âge
a peu de chances de produire une série de
vingt volumes, la guerre n'est pas le sujet qui
intéresse les lectrices, et puis, il faudra trouver un journaliste de talent qui saura donner
à ces Mémoires du nerf, du brio...

Charles Dupêchez a fini par émettre un
petit rire bref, m'assurant qu'il était conscient
de toutes ces difficultés. « Si M. Servan-
Schreiber est prêt à signer, je préparerai son
contrat cet après-midi. »

Il allait rencontrer Jean-Claude quelques
jours plus tard. Ma tâche étant accomplie, je
n'ai pas assisté à cette entrevue.

« J'ai quelques points communs avec cet
homme, m'a annoncé mon ami quand nous
nous sommes retrouvés. J'ai étudié pendant
trois ans l'économie politique à Oxford, à Exe-
ter College, et durant ma vie, il m'est souvent
arrivé de travailler avec les Britanniques. Mais
le plus épatant c'est que le père de Charles a
fait la guerre en France, en 44, en tant que
militaire anglais. J'aurais pu le croiser !

— Donc vous n'êtes pas trop mécontent de votre futur éditeur, Jean-Claude ?

— Non, pas du tout ! Charles est un vrai gentleman. Vous savez ce que cela veut dire ?

— Mais bien sûr. Un homme distingué, courtois, franc…

— Certes… Sauf que cela ne suffit pas.

— Ah bon ? Y a-t-il une autre définition ?

— Oui. Un gentleman : en parlant avec lui vous vous sentez gentleman. »

En attendant le jour J

Celui qui m'a remplacé, en tant que confident, auprès de Jean-Claude, allait s'acquitter de sa tâche en bon professionnel. Pendant de longues heures, il a écouté le vieil homme, enregistrant son récit, discutant avec lui la composition des futurs chapitres, procédant à de nécessaires corrections. Un travail patient, minutieux et prodigieusement difficile car il fallait, dans un livre bref, faire défiler tout un siècle qui avait greffé le destin d'un soldat sur la grande histoire. Un effort d'autant plus méritoire que le nom de ce rédacteur n'allait pas apparaître dans l'ouvrage édité. Loin de jouer les « nègres » littéraires, l'homme s'était fait auditeur fantôme dont la présence pouvait, seule, vivifier le récit, lui évitant de résonner dans le vide.

L'éditeur intervenait peu, veillant surtout au respect des délais, aux détails de fabrication, à l'organisation du lancement.

Après six mois de travail, le manuscrit était prêt. Je l'ai découvert avec émotion : comment cette voix que j'ai si souvent écoutée allait-elle passer à l'écrit ? Et la rédaction, n'avait-elle pas, en bannissant les aspérités de la conversation, produit un texte lissé, aseptisé ?

Je savais d'ailleurs que je serais un mauvais lecteur, trop désireux de retrouver ce que ces pages ne pouvaient pas montrer : le sourire de Jean-Claude, ses gestes, les instants lointains fixés sur les photos qu'il me montrait, la ronde des saisons derrière les fenêtres de son appartement.

Bien sûr, il m'arrivait de tomber sur des phrases qu'on aurait dû probablement couper. Cette saillie où Malraux (victime d'une plante hallucinogène cueillie dans un temple khmer ?) présentait la mère de Jean-Claude, Suzanne Crémieux, comme une nymphomane dont la sensualité faisait chavirer tous les politiciens de la Troisième République. J'aurais supprimé aussi la séquence consacrée au légendaire Jean-Jacques, cousin ennemi de Jean-Claude, fringant ex-présidentiable et qui, dans le manuscrit, s'attirait trop de flèches. Plus simple eût été de dire : « Paix à ton âme ! » Un peu de détachement manquait parfois aux pages qui évoquaient la dynastie des Servan-Schreiber. Mais, d'autre part, cette braise de passions, me disais-je, empêchait peut-être la légende du clan de se figer dans la froideur hagiographique d'un mythe moderne.

Le reste – l'essentiel – était transcrit tel que Jean-Claude le contait d'habitude : un roseau humain se débattant dans le souffle des guerres. Bataille de France, combats de résistant, prisons de l'Espagne franquiste, débarquement en Provence, Libération... Le style du conteur avait été respecté : le tracé des grands événements dans lequel, comme sur la neige ou le sable, on distinguait l'itinéraire têtu du lieutenant Schreiber.

« Je pense publier ce livre au début du mois de mai. À cette période, nous aurons peut-être quelque chance auprès des médias. Entre le 8 mai et le 18 juin, un texte qui parle de la dernière guerre et se réfère à de Gaulle ne doit pas passer inaperçu. » Charles Dupêchez a résumé ce plan d'action sur un ton qui trahissait un regret souriant : il fallait bien composer avec les dates anniversaires, cette lubie commémorative des Français.

Notre veillée d'armes commençait. Tout allait se jouer, donc, entre le jour de la victoire sur les nazis et l'écho assourdi de l'appel gaullien.

C'est ainsi que les livres vivent

Au début du mois de mai 2010, un petit ouvrage, intitulé *Tête haute. Souvenirs*, a fait son apparition discrète dans les librairies – au milieu des best-sellers, des livres de stars, des romans d'été, des biographies de footballeurs, des bandeaux de prix littéraires, des récits d'hommes politiques, des collections blanches, noires, rouges, beiges, jaunes, des couvertures aux couleurs tranchées, pareilles à celles des signalisations routières.

L'auteur venait de fêter ses quatre-vingt-douze ans.

Sur la couverture du livre, on voyait la photo du jeune lieutenant Schreiber, à la tourelle de son char, le regard porté vers l'étendue d'une plaine enneigée. Alsace, 1944. En entrant dans les librairies, je ne remarquais que cette couverture-là. Ou bien – le plus souvent – son absence.

De quelle façon pouvait-on aider un auteur édité à petit tirage, dans une modeste maison d'édition ? Consciencieusement, le service de presse avait envoyé des exemplaires à une bonne centaine de journalistes, avait contacté les rédactions, les avait relancées. Les amis se sont mobilisés, en ont parlé autour d'eux, ont envoyé quelques textos (« Le bouquin de JC est sorti ! »). Pour ma part, j'ai cité ces souvenirs de guerre à chacune de mes (rares) apparitions médiatiques. Avant la publication, j'ai même provoqué un déjeuner avec le responsable des pages culturelles d'un hebdomadaire – l'homme m'a promis de lire Jean-Claude (jamais je n'aurais entrepris le millième d'une telle démarche pour évoquer mes propres écrits). Charles Dupêchez a fait de son mieux, en téléphonant à droite et à gauche (au sens non politique du terme), mais il n'avait pas de réseau d'obligés, ni de bande d'affidés, choses utiles et même indispensables dans la grande foire éditoriale. L'inconvénient d'être un gentleman…

Après les faits, on se dit toujours que le résultat était prévisible et qu'on était assez perspicace pour le voir venir. Je n'ai rien vu du tout, convaincu qu'à la parution du livre, les articles allaient pleuvoir, les interviewers – brandir leurs micros, les maquilleuses des plateaux de télévision tapoter avec leurs pinceaux le front de cet imposant vieillard prêt à conter aux spectateurs son époustouflante traversée du siècle...

Non, ni en mai ni même en juin 2010, je ne pouvais imaginer que ces Mémoires de soldat puissent se heurter à une indifférence aussi totale !

« Se heurter » n'est pas le mot juste car il suppose un choc, un rejet, une tension. Une réaction, donc. Les paroles du lieutenant Schreiber n'ont rien provoqué de tel. Elles se noyaient dans un magma visqueux qui étouffait tous les bruits, désamorçait tout débat, n'interdisant pas l'expression des idées, mais les rendant inaudibles. Un espace intellectuel parfaitement insonorisé. On pouvait crier, s'indigner, clamer sa vérité – aucun écho ne serait venu répercuter ces appels. Une censure qui ne disait pas son nom et qui, pourtant, agissait plus efficacement que tous les «niet» autoritaires.

J'ai commencé à recourir à ce genre d'analyses après le 18 juin : la date butoir que Charles Dupêchez nous avait indiquée comme limite symbolique d'une période pendant laquelle le livre pouvait, logiquement, éveiller la curiosité médiatique. Oui, la voix du Général à la BBC, en 1940, et ce livre, la voix d'un vieux soldat qui, jeune tankiste en 44, a rencontré le chef de la France libre et qui, après la guerre, a eu plusieurs occasions de discuter avec le grand homme.

Mais rien ne s'est passé le 18 juin 2010.

Si, bien des choses, en somme ! Tout le monde parlait de la crise et des affreux traders qui, reprenant leurs sales manies, s'attribuaient des millions d'euros de bonus. À côté d'eux, un politicien accusé d'avoir empoché cent cinquante mille euros pour financer un parti politique avait l'air d'un pickpocket. Et tous, traders et politiciens, devenaient du menu fretin face à une milliardaire (première fortune de France) qui avait offert à un ami photographe justement un milliard d'euros. On parlait aussi beaucoup du procès intenté à l'ancien président de la République. Et du tournage d'un film où jouait l'épouse du Président en place. On ricanait en rapportant l'anecdote – vraie ou fausse – selon laquelle Woody Allen avait été obligé de refaire trente-

156

six fois une scène où cette immense comédienne interprétait une femme sortant d'une boulangerie, une baguette sous le bras. Mais surtout du foot, du foot ! Des matchs, des buts, des scores, des transferts de marchandise humaine, à coups de millions d'euros, d'un club à l'autre. L'actualité…

Non, rien d'autre pour ce 18 juin 2010. Rien sur le lieutenant Schreiber.

Dernières cartouches

Nous nous sommes revus avec Jean-Claude quelques jours après cette date. Sur la table de son salon, j'ai remarqué plusieurs feuilles dactylographiées et manuscrites.

« J'essaie de mettre un peu d'ordre dans mes affaires », m'a-t-il expliqué, un peu indécis.

Il était vêtu comme s'il se préparait à sortir : un blazer bleu marine, un pantalon gris, une cravate, des chaussures bien cirées...

Soudain, je me suis rendu compte que, depuis la sortie de son livre, il apportait un soin particulier à sa mise... « C'est qu'il doit attendre qu'on vienne à lui ! » me suis-je dit, avec une brève crispation de douleur. Mais oui, durant ces six semaines, entre le 8 mai et le 18 juin, il espérait des visites, des entretiens, des rencontres, des questions sur ce que renfermait, pour lui et ses camarades, ce bref chapelet de jours, au printemps 1940. Ces six semaines lui rappelaient les dates consignées dans le *Journal des marches* du 4ᵉ cuirassiers : combats dans les Flandres, dans la poche de Dunkerque, en Normandie, dans les Deux-Sèvres, la mort des camarades, ce char en feu dont « l'équipage n'a pas pu être dégagé »...

Oui, chaque jour, dès le matin, il se préparait à raconter la vie et la mort des hommes grâce à qui sa patrie a survécu : lieutenant-colonel Poupel, capitaine de Segonzac, lieutenant Ville, sous-lieutenant Guillien, aspirant Aussel... Dans la brochure du *Journal*, leurs noms étaient inscrits ainsi, suivant leurs grades, escadron par escadron. Et au crayon, le lieutenant Schreiber avait ajouté, ici ou là, deux signes : un « p » pour « fait prisonnier » et une croix pour les morts...

Devant un éventuel journaliste, il ne voulait surtout pas ressembler à un petit vieux qui radote, recroquevillé dans son fauteuil. Il brossait sa chevelure argentée, s'habillait comme pour une cérémonie officielle et se tenait tout droit, désireux d'être digne de la mémoire de ses camarades de régiment.

Ce soir-là, quelques jours après le 18 juin, il portait donc son « habit de combat médiatique » et paraissait très mobilisé pour affronter une salve de questions. Pourtant, son état d'esprit était déjà différent, affranchi de la tension qu'il s'imposait depuis des semaines... Il s'est mis à me montrer les pages de ses archives, des lettres d'amis, celle de l'abbé André Carette, l'aumônier du régiment, dont il était resté très proche. Et aussi la copie de celle qu'il avait envoyée à de Gaulle, le 12 décembre 1965 et qui commençait par ces phrases : « Ai-je une chance d'être entendu de vous, alors que je ne suis ni homme de lettres, ni savant, ni grand industriel, ni haut fonctionnaire ? Je ne suis qu'un humble soldat de vos troupes combattantes, et de ce fait un de ceux qui ont infiniment plus perdu que gagné sur le plan personnel. Je suis seulement éperdument amoureux de ma France, de notre France... »

Derrière cette écriture dont les stylistes et les puristes auraient pu relever les maladresses, s'exprimait la seule prière que le lieutenant Schreiber avait toujours adressée à ses compatriotes : malgré mes origines, je suis des vôtres, j'aime ce pays, j'ai versé mon sang pour qu'il vive, je voudrais encore lui être utile, donnez-moi « la chance d'être entendu » ! Il le disait en janvier 1941, en essayant de rester dans l'armée malgré le statut des Juifs. Il le répétait dans les années soixante, en écrivant à de Gaulle.

Et aussi, à présent, quelques jours après le 18 juin 2010...

Le Général l'avait reçu à plusieurs reprises, et la dernière fois le 5 juillet 1968. Une longue conversation, un échange passionnant, un choc d'opinions même (ils parlaient de la « chienlit » de Mai, des grèves, des politiciens parjures, des relations avec Israël...), une discussion franche et amicale, l'heureuse « chance d'être entendu » et, à l'issue – ce jugement auquel nos gouvernants actuels auraient bien fait de réfléchir : « Au cours de chacun de ces entretiens, je me sentais toujours transformé par sa présence et sa façon si affectueuse de me laisser parler. J'éprouvais le sentiment d'être plus fort et plus libre. C'est sans doute la caractéristique des vrais grands hommes. Non seulement ils ne vous font pas sentir qu'ils sont supérieurs, mais ils vous permettent de croire que vous êtes leur égal ! »

Ce soir-là, comme souvent durant nos rencontres, le récit de Jean-Claude allait changer de trajectoire, revenant vers les années de guerre, vers ce jour de novembre 1944 quand, dans le village de Cercy-la-Tour, au milieu du Nivernais, il avait fait défiler son peloton de chars devant le général de Gaulle, avant de lui être présenté...

En l'écoutant, j'ai remarqué que dans sa voix résonnait une corde nouvelle, un peu amère, moins teintée d'ironie que d'habitude. Ses mains touchaient et déplaçaient machinalement les lettres éparpillées sur la table. Ce geste et sa voix un peu saccadée semblaient vouloir vaincre l'indifférence de ceux qui avaient, si lamentablement, ignoré son livre. Les archives qu'il me montrait présentaient, en fait, même s'il n'en était pas pleinement conscient, les ultimes preuves de ce qu'il avait vécu, les modestes pièces à conviction d'un destin, la dernière possibilité d'attirer l'attention des autres, d'obtenir « la chance d'être entendu ».

La chance de faire revivre le lieutenant Schreiber.

Une météorite

La conscience de l'échec vient à tout auteur avec retard, pareille en cela à une débâcle militaire : certaines unités continuent le combat, des noyaux de résistance soutiennent encore la poussée de l'ennemi, quelques soldats épars ont même l'illusion d'aller de l'avant... Mais déjà la défaite est là et l'écrivain, puisque nous parlons de lui, le remarque enfin – les appels de l'attaché de presse se sont tus, son livre a disparu des présentoirs, et il se sent vaguement risible avec son envie de défendre encore ses idées.

La situation m'était connue, j'ai essayé donc de la désamorcer, autant que je pouvais, pour Jean-Claude. Pendant les semaines qui ont suivi le 18 juin – à mesure que notre attente devenait de plus en plus vaine – je lui ai souvent parlé des caprices de la reconnaissance littéraire. Chaque écrivain garde, telle

163

une ration de survie, ce genre d'anecdotes qui l'aident à supporter l'incompréhension, les dénigrements, l'insuccès. Oui, Proust refusé par Gallimard et publié à compte d'auteur. Et avant lui, Nietzsche et son *Zarathoustra* auto-édité à quarante exemplaires. Schopenhauer accablé de ses manuscrits rejetés. Tchékhov et sa *Mouette* qui, au début, ne « décollait » pas des planches devant des spectateurs scep-tiques. Le fameux calcul de Gide : ses *Nour-ritures terrestres*, en vingt-cinq ans, ont atteint le tirage de six cents exemplaires, autrement dit, vingt-cinq nouveaux lecteurs par an ! Verlaine a fait mieux : un de ses recueils de poèmes s'est vendu à huit exemplaires...

Ces preuves de la cécité des contemporains faisaient bien sourire le vieil homme – après tout, Flaubert, Tourgueniev et quelques autres n'avaient-ils pas créé un « cercle des sifflés » dont seuls les écrivains honnis par l'opinion pouvaient devenir membres ? Chaque can-didat devait apporter le témoignage formel d'avoir été « sifflé » par la critique...

Jean-Claude n'était pas dupe de ces paral-lèles littéraires, lui dont le livre, à défaut d'être sifflé, avait suscité une réaction bien plus dif-ficile à parer : l'indifférence.

Il ne s'est jamais montré mauvais perdant, n'a formulé aucun reproche, et a même exprimé sa contrition : « J'ai fait perdre beaucoup d'argent à Charles Dupêchez ! Je suis désolé… » Je le rassurais : n'ayant pas touché d'à-valoir, il n'était vraiment pas un auteur qui ruinait sa maison d'édition. Et puis, attendez, peut-être en juillet, en août, le livre connaîtrait-il un rebond !

Douce illusion que ce tardif regain d'intérêt, nous le savions : ces vacanciers liquéfiés par la chaleur, censés lire les souvenirs du lieutenant Schreiber. Les éditeurs leur avaient déjà préparé l'habituelle pâture estivale faite de gros romans dont les pages allaient se couvrir d'empreintes de crèmes solaires…

Jean-Claude faisait semblant de croire à un hypothétique revif surtout pour ne pas démentir mes encouragements. Il lui arrivait même d'échanger nos rôles : « Oh, vous savez, le livre est là, c'est l'essentiel. Si, dans dix ans, quelqu'un veut étudier cette période d'histoire, il pourra toujours trouver dans ce que je raconte deux ou trois choses intéressantes… »

Désormais, chaque fois que je venais chez lui, son appartement me paraissait vidé d'une présence. Rien n'avait bougé pourtant – le même mobilier, toujours cette grande amphore sur son socle, les poignards allemands, ces trophées de guerre, accrochés aux murs. Les photos où je reconnaissais, comme chez les proches, chaque regard, chaque geste et la lumière de leurs jours lointains. Et ce cliché sur lequel, dans un groupe de soldats, se dressait l'homme dont Jean-Claude ne parvenait plus à se rappeler le nom… Sur un guéridon, près de la fenêtre, un éclat de figurine en porcelaine, ce petit santon décapité.

Un soir, Jean-Claude s'est levé, s'est approché, a serré dans sa main cette relique mutilée tachée de terre. Puis il l'a examinée, comme si la présence de cet éclat lui avait paru, à lui aussi, insolite. J'ai retenu mon souffle, craignant de troubler par une question l'ombre du passé qui se laissait deviner dans son regard.

« C'était déjà en Allemagne, dans la Forêt-Noire. Notre offensive se préparait et j'ai obtenu du capitaine de la Lance l'honneur de commander le peloton de tête. J'allais attaquer dans le char qui ouvrait la marche ! J'étais fou de joie… Et puis, paf, on reçoit

166

un appel radio : je suis convoqué par le colonel de Beaufort. J'essaie d'expliquer que nous sommes à un quart d'heure de l'attaque, mais... Un ordre c'est un ordre. Je pars donc, et c'est le lieutenant Mauclerc qui commandera à ma place le char de tête... »

Il racontait l'histoire que je connaissais déjà, mais cette fois, il tenait dans sa main la figurine brisée. Comme si, par ce toucher, il avait voulu attester la vérité de ces paroles...

Cet éclat de porcelaine ressemblait à un grain de poussière stellaire qui, infime mais incontestable, démontrait l'existence d'une galaxie à laquelle personne ne voulait croire.

V

Son ciel à lui

Sous un signe

Le colonel de Beaufort l'a fait venir pour rien ! Ou presque... Dépité, le lieutenant Schreiber regagne son char, tout l'escadron étant déjà parti. Par radio, on lui ordonne de rester à l'orée de la forêt, pour prévenir une contre-attaque allemande. Il décide de faire une reconnaissance sur le terrain qui le sépare de l'ennemi. Il rampe, scrute les environs avec des jumelles... Soudain, de la tourelle de son char, un de ses hommes le hèle. Pour l'informer : le lieutenant Mauclerc (celui qui a pris le commandement du premier peloton) vient d'être tué !

« Cela m'a fait un tel coup qu'instinctivement, j'ai enfoncé mes doigts dans la terre – j'étais encore étendu au milieu des arbres. J'ai serré cette terre où j'aurais pu être enfoui – à la place de Mauclerc. Reprenant mes esprits, j'ai vu dans ma main cette figurine :

171

une petite vierge en porcelaine, sans tête. Un signe. Il n'y avait dans les parages aucune habitation... J'apprendrais plus tard que Mauclerc avait été décapité par un obus... »

Il en parle ainsi, avec une simplicité confondante, donnant envie de lui suggérer de ne pas trop insister sur ces jeux du hasard, ces fatalités de pile ou face – ces « signes du destin ». Nous sommes au pays de soixante millions de cartésiens, Jean-Claude !

C'est avec la même candeur qu'il a toujours raconté sa découverte de Dieu... L'après-midi du 17 juin 1940, le jeune soldat quitte l'hôpital installé dans le fort du Hâ, à Bordeaux, traîne sa jambe blessée et, fuyant la chaleur, pousse la porte de la cathédrale, parfaitement déserte. Aucun élan de spiritualité, juste l'envie de ne plus cogner le pavé avec sa béquille et d'attendre, dans la fraîcheur, son train qui part tard le soir. Il s'assied, fourbu, éreinté par la douleur, sent la somnolence peser sur ses paupières. L'ombre de la nef, les percées lumineuses des vitraux, le Christ au-dessus de l'autel, tout se confond dans un même flottement de fatigue... C'est alors qu'une voix, très distincte, parvient à lui : « Qu'attends-

tu pour nous rejoindre ? » Le soldat ouvre
les yeux, rencontre le regard du Sauveur... Il
demandera le baptême dans l'église de Ribé-
rac, en Dordogne, et conservera toute sa vie
une foi inapaisée, farouche.

Il le dit, il l'écrit ainsi. Illumination. Révélation. Chemin de Damas arpenté, à Bordeaux,
sur sa jambe boiteuse...

Difficile d'éviter un soupir de compas-
sion : « Doux Jésus ! Ce lieutenant Schreiber
ne sait-il pas dans quel acide corrosif tom-
bent ses paroles ? La mentalité ambiante est
celle où l'intelligence se doit d'être cynique et
la dérision remplace toute forme de jugement.
Ce récit ne peut que susciter un ricanement
vipérin : une vierge guillotinée, un Christ qui
se met à parler, mais je rêve ! »

Pour éviter les vipères, faudrait-il moduler
ce ton frisant l'ingénuité ? Inciter Jean-Claude
à ajouter quelques sentences sur la familia-
rité ambiguë qui unit le soldat et la mort ?
La mort est partout, dans la folle diversité
de corps mutilés, éventrés, brûlés. Et pourtant, mystérieusement, elle n'a pas encore
touché à son corps à lui, ce jeune corps qui
respire, hume l'odeur de la terre à l'orée de
la Forêt-Noire et qui finit par croire que la

mort ne le voit pas, ou bien qu'elle a décidé de l'épargner, ou peut-être, par un inconcevable accord de mots, de gestes, de pensées, de vœux (ou de prières ?), une entente secrète l'a lié à la mort – désormais, elle passera tout près, lui faisant comprendre qu'elle l'a vu, mais le laissera intact, tuant à sa place un certain lieutenant Mauclerc. Et pour qu'il soit sûr de la réalité de ce choix, elle lui mettra en main une petite relique décapitée... Oui, le vieil homme pourrait raconter comment, à la guerre, les rationalistes les plus convaincus commencent à guetter les signes et à collectionner les talismans.

Il pourrait aussi décrire l'infini désarroi de ce jeune aspirant Schreiber qui, boitant sur sa béquille, traverse Bordeaux, un jour de juin 1940. Il ne sait pas que la guerre est perdue et que l'armistice va être signé dans quelques jours. Il espère encore reprendre les armes, retrouver son régiment. À vingt-deux ans, il porte en lui un passé qu'en temps de paix on possède rarement : la connaissance acérée du courage et de la peur, la banalité des tueries, l'extrême facilité avec laquelle les hommes glissent vers une bestialité décuplée par la puissance des machines... Et surtout, cette intimité sournoise de la mort : ce char qui brûle là où, quelques secondes avant, est passé le sien, une volée d'éclats qui fouette la tourelle où il vient de plonger. Un hasard ? Une fatalité ? Ou bien une force surnaturelle qui veille sur lui ?

Notre raison se gausse de ce mysticisme facile, n'est-ce pas ? Pour devenir moins moqueur, il suffit de se retrouver, une fois, sous les jolies trajectoires des balles traçantes – celles qui dessinent, dans la nuit, leur approche vers votre corps... Celui qui en a fait l'expérience sait qu'on accepterait alors la protection la plus irrationnelle.

Nous avons souvent parlé avec Jean-Claude de ces moments, à la guerre, où notre orgueilleuse raison devient soudain humble et cherche un appui dans des idées qui, de prime abord, paraissent si fantaisistes. Des signes du destin, des augures... Encore qu'il eût fallu, avant de traiter ce jeune soldat de superstitieux, lui expliquer la place de la Raison dans le monstrueux affrontement des peuples, l'extermination de millions d'humains, dans ce planétaire hachoir de vies où, tout jeune, il a été entraîné.

C'est ce soldat-là, ébranlé dans chacune

des cellules de son être, qui a poussé la porte de la cathédrale de Bordeaux.

Le vieil homme préférait ne pas ajouter à son récit ce genre de commentaires. Il tenait à dire les faits tels qu'il les avait vécus, à rappeler ses émotions sans leur cortège de sages ruminations. Mais surtout, avec l'âge, il avait de plus en plus l'intuition d'une vérité suprême, bien plus ample que ses souvenirs de jeune soldat et bien plus simple que les doctrines qu'échafaudaient les philosophes de fiestas.

Cette vérité avait pour lui la force d'une nouvelle naissance, d'une voie où il pourrait s'engager, s'éloignant de la farce qui se jouait tout autour, avec ses carnages, sa rapacité, sa comédie des glorioles, son exaltation de la Raison, de l'Histoire...

« La guerre est un sacré condensé du monde, m'a-t-il dit un jour. La mort, l'instinct de survie, la haine, l'amour, la chair, l'esprit – le soldat a la chance de sonder tout cela jusqu'au fond et en très peu de temps. Et s'il n'est pas idiot, il apprend des choses essentielles ! Il acquiert une connaissance sans égale de son corps mortel, de ses limites dérisoires. Une connaissance aussi de son rôle dans la grande comédie de la société – à la guerre, on voit le même théâtre humain sauf que les pistolets ne sont pas en plastique... Oui, le même manège qui tourne. Le plus important vient après. Quand le soldat découvre qu'on peut aller plus loin que le tourbillon de ces corps remplis de désir de vivre et de peur de mourir. Oui, quand il comprend qu'il y a une voie au-delà du manège... »

Une voie au-delà du manège... Le souvenir de ces paroles m'est revenu pendant ces journées tristes de « l'après-18 juin 2010 », quand nos espoirs s'éteignaient l'un après l'autre.

Charles Dupêchez, aidé de son assistante et amie Sylvie Goguel, s'est battu jusqu'au bout : « J'ai appelé l'un de nos auteurs, il m'a promis de parler à quelqu'un à *Libération*... » Rien. « Attendez ! La semaine prochaine, il y aura peut-être un petit compte-rendu dans *Paris-Match*... » Rien du tout ! Les vacances approchaient, chacun préparait son départ, un championnat de football occupait les écrans, les ondes, les cerveaux.

Jean-Claude n'exprimait aucune amertume. Ces déboires médiatiques devaient lui sembler de peu d'importance à côté de la mort du lieutenant Mauclerc. Non, le manège des petits jeux parisiens ne l'intéressait pas. Il regrettait juste de ne pas avoir pu faire entendre les noms de ses camarades. Car, avant de mourir, certains d'entre eux avaient, comme lui, entrevu la voie.

C'est en pensant à ces hommes qu'il m'a confié, un jour, d'une voix très détachée des bruits quotidiens : « Après tout, si j'ai vécu aussi vieux, c'est peut-être pour avoir le temps de raconter leur vie... »

Les paroles pour une autre vie

Et puis, vient cette soirée d'août, un orage indécis qui finit par déverser une pluie fine teintée par le couchant. J'arrive un peu en avance et, monté trop vite, je vois le vieil homme se soulever péniblement de son fauteuil…

Trois mois ont passés depuis la sortie du livre. Délai fatidique : les libraires vont retourner les volumes invendus à l'éditeur qui, à son tour, enverra ces « stocks » au pilon. Et, à la nouvelle rentrée littéraire, le livre n'existera plus.

Je me suis bien préparé pour le lui annoncer, prévoyant tout un arsenal de figures de style. Oui, il faudra jouer sur plusieurs registres, en commençant par celui que nous employons le plus souvent : « Écoutez, Jean-Claude, nous avons perdu une bataille, mais nous n'avons pas perdu la guerre ! » Parler aussi de « *long-sellers* », les ouvrages d'une longévité inattendue, défiant le succès des best-sellers gonflés par la mode et la publicité. Mais surtout, Charles Dupêchez m'a promis que jamais Jean-Claude ne recevrait cette lettre atroce par laquelle on fait savoir aux écrivains que, en vue d'une « réduction de stocks », leur livre va être envoyé au pilon...

Oui, il nous faut ménager ce jeune auteur de quatre-vingt-douze ans...

En entrant chez lui, je remarque tout de suite qu'il ne porte plus son « habit de combat », pas de blazer, ni de cravate. La soirée est très chaude, c'est vrai. Il n'y a pas non plus de pages d'archives sur la table du salon. Et, au début, même pas de paroles. L'orage qui ne se décide pas à fondre sur la ville secoue rageusement les branches devant les fenêtres ouvertes et remplit la pièce d'un froissement de feuilles, empêchant de parler sans forcer la voix.

Vêtu d'une chemisette et d'un pantalon d'été, le vieil homme laisse apparaître cette fragilité qui, à son âge, rappelle la maigreur des adolescents. Le relief anguleux des épaules, le modelage grêle des coudes, des poignets... Le vieillissement, sous ces latitudes polaires de la vie, est aussi rapide que la croissance enfantine. Pourtant, depuis que je le connais, depuis donc plus de quatre ans, je n'ai jamais détecté un quelconque affaissement, une altération de traits, le voilement du regard. C'est la première fois que, réprimant un afflux de douleur, je me dis : « Là, vraiment, il a pris un coup de vieux ! » Le verdict est absurde car appliqué à une personne qui entame sa dixième décennie et, en même temps, juste : un changement soudain, impossible à nier, marque le contour du visage, la silhouette, les gestes, l'expression des yeux.

Une voix répète en moi une litanie fataliste : « L'âge, oui, l'âge... », mais la certitude que je voudrais à tout prix faire taire s'impose : ces dernières années, en se racontant, en se remémorant dans son livre, il a vécu au milieu d'un passé atemporel, au rythme des jeunes vies qu'il ressuscitait en lui. Dans le corps du lieutenant Schreiber. Ce soir d'août, les années tenues à l'écart ont rompu la digue... Le temps a repris son dû avec la violence d'un raz-de-marée. Et le jeune soldat s'est figé sur une couverture de livre destiné à être réduit en poussière de papier. Le vieil homme a remisé son habit des grands jours, rangé ses lettres et les photos de ses camarades et, sans protester, il a ouvert sa vie aux années en retard...

L'orage a contourné Paris, jetant avec ses dernières rafales une pluie calme, qui tombe d'un ciel presque sans nuages. De la cour monte l'odeur de la terre mouillée, la respiration que les plantes retrouvent après la fournaise de la journée. Jean-Claude se lève pour écarter un rideau et son regard s'attarde sur cette photo – un petit cliché grisâtre où une jeune femme rajuste ses boucles happées par un coup de vent...

Il commence à me conter l'histoire que je connais : tôt le matin, le 11 novembre 42, il s'enfuyait de la maison paternelle en compagnie de son amie Sabine. Une longue marche à proximité des blindés allemands, l'arrivée à Tarascon, le train raté pour Marseille, le choix heureux de se réfugier dans un hôtel où leurs poursuivants ne viendraient pas les chercher...

Je ne l'interromps jamais quand son récit refait le tour des événements déjà relatés. À chaque reprise, un nouveau détail surgit, une personne oubliée passe dans le champ de vision, le cadrage change. La densité de nos souvenirs tient principalement au nombre de ces surimpressions.

Cette fois, il ne s'agit pas de détails : la scène du passé est, tout entière, revécue autrement. Elle est évoquée d'ailleurs sur un ton très différent. La rapidité de l'intrigue (fuite, angoisse, refuge) cède la place à des paroles lentes, entrecoupées de longues pauses, laissant entrer, dans cette narration murmurée, le couchant qui irise le voile de la pluie derrière les fenêtres et cette autre pluie, aussi légère et ensoleillée, qui brillait dans l'entrebâillement des volets de leur chambre d'hôtel, durant cette étrange matinée du 11 novembre 42. Il y avait bien sûr, ce jour-là, la tension mortelle du jeu où ils étaient engagés, et la nouveauté de ces étreintes à quelques pas des rues où circulaient leurs poursuivants, le plaisir aiguisé par le danger, la joie un peu démente d'avoir osé le pari et de l'avoir peut-être remporté...

Aujourd'hui, ces émotions affleurent à peine dans le récit de Jean-Claude. Bien plus intense semble l'étonnement qui a frappé, alors, le jeune homme et qui parvient, amplifié, jusqu'au vieux conteur, soixante-dix ans après. Une sensation difficile à exprimer : ces deux amants dont le bonheur est suspendu à un mot imprudent de l'hôtelier, ces deux corpuscules lancés dans la monstrueuse avalanche de l'Histoire, deux jeunes desperados qui ont pu s'en dégager, grâce à leur amour... La jeune femme s'est endormie, son ami veille, de plus en plus conscient que ce qu'il prenait pour un bref sursis se révèle être une vie neuve, insoupçonnée, l'essentiel de ce qu'il a à vivre. Il essaie de le comprendre, mais sa pensée n'a d'autre matière que ce soleil d'automne, cette lumière dont les feuilles jaunies des platanes éclairent la chambre, le vent tiède qui passe et fait bouger les volets, la présence, si touchante dans son abandon, de cette jeune femme et les minutes qui n'ont jamais eu cette transparence, cette lenteur rythmée par la clarté et l'ombre que les feuillages font défiler dans cette matinée de sa vie...

Le vieil homme est sûr d'avoir séjourné dans cette autre vie et seuls les mots ne sont pas encore trouvés pour le dire. Il y avait aussi cette nuit, dans une ville libérée au prix de sanglants combats, ce Baden-Baden qui ne se reconnaissait pas dans son décor guerrier. Et cette femme qui l'a accueilli et dont la tendresse a interrompu ses cauchemars de soldat. Elle parlait la langue de l'ennemi et pourtant... En fait, ce n'était pas une simple nuit d'amour. C'était... comment dire ?

Oui, une liberté exaltante, le sentiment de ne plus jouer... Exactement comme, après son retour à Paris, en mai 45. Une cité festive, bouillonnante, des foules excitées par la fin des dangers. Et sa solitude à lui, l'impossibilité presque physique d'aborder les autres, de leur parler, de dire ce qu'il venait de vivre... Et ces quelques jours passés avec celle à qui il ne fallait rien expliquer car elle avait fait la même guerre. Grâce à cette inutilité de mots, très brièvement, ils ont vécu en étrangers, affranchis des simagrées du monde, découvrant une vie d'au-delà du manège...

Le jour s'est éteint – seuls les sommets des arbres, dans la cour, gardent un peu de la pâleur du couchant. Jean-Claude se lève, allume une lampe.

« En fait, ce que je vous ai raconté, ce n'était pas vraiment des histoires d'amour... »

Dans sa voix résonne un agacement : il ne veut surtout pas donner l'impression de dresser la liste de ses conquêtes ! Non, les instants qu'il vient d'évoquer n'ont rien à voir avec un palmarès de séducteur. Ces amours-là étaient d'une tout autre nature : elles n'entraînaient pas les amants dans l'épaisseur des liens du désir, de la possession. Tout au contraire, elles libéraient...

Il devine qu'il ne saura pas le dire : comment exprimer cette lointaine sensation de renaître dans une vie différente ? De ne plus appartenir à un monde qui, sous les fenêtres de l'hôtel où se cachent les amants, fait défiler ces individus mornes en manteau de cuir. Un monde qui, la nuit, fait grincer les chenilles des blindés devant la maison où une inconnue chuchote des mots tendres à un soldat se débattant au fond d'un cauchemar. Un monde qui fait tournoyer ces foules parisiennes oublieuses, heureuses de retrouver la légèreté, le manège de la vie, et qui ne remarquent même pas ce couple (un jeune officier, une infirmière) qui s'estompe, silencieux, au milieu d'une ville en fête.

Je sens en lui la crainte de paraître sentimental, de récrire sa guerre telle la chronique d'un fringant hussard qui, après chaque bataille, se précipite dans un nouveau lit d'amour. Ses traits se durcissent, son regard semble distinguer dans le crépuscule l'ombre des jours que lui seul parvient encore à scruter.

« C'était en Alsace… Nous avions passé trois jours sans pouvoir quitter nos chars. Nous avions vécu dans ce réduit d'acier, étouffés par les rejets des obus que nous tirions – les Allemands attaquaient sans relâche. Nous ne sentions plus la faim, il nous restait très peu d'eau, nous ne dormions que par bribes et puis… Vous le savez, vous : ce n'est pas très romantique, la guerre. Il nous fallait nous soulager dans les douilles d'obus et les vider par une fente. Les films ne mentionnent jamais ce genre de détails… À la fin de la troisième journée, nous avons commencé à perdre la raison. Nous étions tassés à cinq dans ce tombeau blindé sur lequel, tout le temps, ricochaient des éclats et des balles. Nous nous fixions les uns les autres, avec nos yeux enflammés, hagards, nous étions conscients que chaque minute pouvait faire de nos corps une bouillie de chairs et de sang, oui, un seul obus aurait suffi. D'habitude, on n'a pas le temps de voir venir la mort. Et là, nous avions soixante-douze heures pour réfléchir. Enfin, je n'étais pas en état de cogiter, j'éprouvais tout en bloc, comme un condamné : ces cinq corps, cinq âmes, avec leurs destins singuliers, avec leurs souvenirs, leur espoir d'aimer, leurs rêves d'avenir, tout cela en quelques secondes allait s'agglomérer dans un tas de viande d'où sortiraient des bras, des os, des visages arrachés, des yeux éclatés, des cris, des râles, le sifflement du sang sur un métal brûlant... Et dans ce tas, il y aurait ce moi, avec ma peau, mon souffle, mes pensées, le reflet en moi de mes proches, la feuille fatiguée de la dernière lettre reçue d'eux... Tout cela, dans cet amas organique. L'idée était si atroce que j'ai agi d'instinct. J'ai poussé l'ouverture de la tourelle, je me suis extirpé du char, j'ai sauté dans la neige et je me suis mis à faire les cent pas, sous la visée des canons allemands...

« J'avais l'impression de mordre dans la fraîcheur de l'air tant chaque gorgée me rendait ivre. Mon corps vivait comme jamais, ou plutôt, il redécouvrait ce que la vie aurait pu être si les hommes avaient osé exister autrement. Oui, s'ils avaient osé renaître dans cette nouvelle vie, se libérer de la démence qui les enfermait dans les cercueils d'acier de leurs chars. Sur ce champ enneigé, quelque part en Alsace... Je me sentais à la fois d'une puissance presque divine et, en même temps, très faible, car je me savais incapable de dire aux autres ce que je venais de comprendre... Chose invraisemblable, pendant la vingtaine de minutes de ma "balade", aucun coup de feu n'a été tiré. À croire que je me suis vraiment retrouvé dans une dimension foncièrement autre. »

Il se tait un instant, puis murmure en souriant : « Mais pour le dire, il faudrait écrire un autre livre, n'est-ce pas… »

Je sais que, ce soir-là, il a exprimé l'essentiel de cette existence nouvelle dont, à plusieurs reprises déjà, il avait deviné la possibilité. Un enfermement dans une situation, dans un piège de l'Histoire, dans un rôle, et soudain – cette libération, la certitude sereine d'être ailleurs.

C'est cette révélation qu'il aurait tant voulu partager avec ceux qui, comme lui, restaient emprisonnés dans les entrailles du char… Et tout au long de sa vie, cette pensée allait le posséder. Au point qu'il finira par y voir la définition même de la condition humaine : une longue suite d'enfermements – une kyrielle carcérale rompue par l'espoir de repousser une chape d'acier, de sauter à terre, de respirer cette fraîcheur neigeuse et de trouver risibles les canons pointés les uns contre les autres.

VI

Au-delà des mots

Au nom d'un soldat

Je passerai le mois suivant en Russie et ne reverrai Jean-Claude qu'à la fin d'octobre. L'éloignement géographique donne l'illusion d'une longue béance – ce fut une autre époque, ce temps où nous cherchions un éditeur, attendions la sortie du livre... Un passé bien lointain. Surtout qu'en cette région de la Sibérie centrale, sur les rives de la Taïmoura, la neige est arrivée dans la dernière semaine de septembre. Au matin, les filets de pêche suspendus sur la clôture de la maison où je loge, sont recouverts de dentelles de givre. Piotr, un ami de longue date qui m'accueille dans ce village presque désert, travaille à Moscou, circule en Europe, en Amérique mais, dès que l'occasion se présente, il revient ici, vers la maison où il est né et qu'il veut sauver de l'abandon. L'unique rue du lieu compte beaucoup d'isbas aux toits affaissés, aux fenêtres vides.

Tout comme ce retour à sa maison, le récit de Piotr revient souvent vers un sujet qui le poursuit depuis sa jeunesse et qu'il évoque, sans remarquer la répétition, en éprouvant certainement, chaque fois, le même trouble, la même douleur. Tous les soirs, devinant qu'il va l'aborder et en souffrir, j'essaie de dévier la conversation, le poussant à me raconter ses derniers voyages ou lui rappelant notre jeunesse, notre service militaire en Afghanistan... Il opine, répond à travers un brouillard de visions qui voile son regard et, immanquablement, se met à parler de son père...

Je connais par cœur l'histoire de cet homme qui est mort quand Piotr avait onze ans. Artilleur pendant la Seconde Guerre mondiale, ce jeune soldat s'était retrouvé un jour tout seul, avec son canon, face aux chars allemands. Les autres servants venaient d'être tués. Quelques secondes interminables où l'idée de sa vie achevée, d'une mort imminente sous les chenilles d'un char, de l'écrasement de son corps entre l'acier et la terre, oui, ce contact physique avec le néant devenait une part de lui-même, une entaille qui ne se cicatriserait jamais dans sa mémoire...

Piotr soupire : « Il m'a raconté cet épisode

plus d'une fois, mais à l'époque, j'avais dix ans, je préférais courir la taïga plutôt que rester à la maison, à écouter les vieux... »

Peu de temps après, son père est mort. Et le garçon, sans s'en rendre compte, retiendrait non pas tant l'histoire elle-même (le tir d'une batterie voisine allait sauver le jeune artilleur...), mais l'impression d'une très grande fragilité de ce père qu'il a, finalement, si peu connu, si peu cherché à connaître. Avec l'âge, cette vague culpabilité ne ferait que s'exacerber et, à présent, à cinquante ans passés, Piotr se dit sans doute que le jeune soldat de vingt ans (son père) pourrait être aujourd'hui son fils.

Il doit penser aussi qu'en laissant son père parler, en l'écoutant, il aurait pu, par ses questions enfantines, sa curiosité, son étonnement naïf, effacer de cette mémoire blessée le vide mortel vécu face aux canons des chars.

« Mon père a surtout compris, je crois, une vérité très simple et à laquelle on évite de réfléchir, me dit Piotr. Quoi qu'on raconte, religion ou non, croyance ou pas, on est toujours seul devant la mort. Et au fond, il a vécu toute sa vie ainsi – seul ! Non, il aimait ma mère, moi et ma sœur, c'est sûr. Mais cette autre solitude, celle qu'il a éprouvée pendant la guerre, il ne s'en est jamais remis… »

Je ne l'interromps pas, me disant que ce sentiment de solitude, en legs de culpabilité, il l'a hérité de son père dont il avait négligé les confidences. Et que maintenant, il revivra indéfiniment et, l'âge venant, de plus en plus douloureusement, cette scène : la silhouette vacillante de son père, ce tout jeune homme perdu au milieu des explosions, de la terre retournée, des cadavres déchiquetés par les chenilles. Seul.

Je commence à lui parler du lieutenant Schreiber comme en écho à son propre récit. Un jeune tankiste français, à l'autre bout de l'Europe, les mêmes plaines glacées, en cet hiver 44-45, la même vision, monotone et chaque fois singulière, des corps écharpés, le même cognement des éclats d'obus sur l'acier, la même conscience de l'extrême rapidité avec laquelle son souffle (« mon souffle », pense le soldat) pourrait être mêlé à la neige, embourbé, rompu…

De minute en minute, Piotr donne l'impression d'émerger du passé qui le tenait prisonnier, se met à me poser des questions, demande de préciser les dates, les noms, les lieux...

Je finis par lui raconter tout le livre du lieutenant Schreiber ! Et je ne m'aperçois même pas, au début, que le soir, Piotr ne reprend plus la chronique du jeune artilleur, son père, seul face à la mort.

Car désormais, il sait que son père n'était pas seul. Et qu'un destin, si différent du sien et si proche, tenait compagnie à ce jeune soldat russe dans le brasier des combats. Et que peut-être, par une chaîne inimaginable de coïncidences, la vie de son père avait été préservée grâce au courage d'un jeune lieutenant français, oui, grâce à ce « gamin souriant et sans peur » qui se battait en Alsace, en Allemagne, attirant à lui son lot de panzers. Ce char-là, exactement, un lourd Tigre allemand, qui aurait pu, se retrouvant sur le front de l'Est, effacer d'un obus ou d'une rafale de mitrailleuse la silhouette d'un jeune artilleur égaré au milieu des morts.

La voix de Piotr change, débarrassée de la tension qui se trahissait toujours dès qu'il parlait de lui, de ses parents. Son regard perd cet arrière-fond peiné qu'il dissimulait d'habitude en exagérant sa jovialité et son insouciance.

Il me paraît apaisé comme un homme qui, après une très longue errance, est enfin revenu chez lui.

Le jour de mon départ, je suis réveillé par le bruit de quelques coups de marteau. Le soleil ne s'est pas encore levé et c'est la blancheur du givre qui remplit l'isba de clarté – une lumière déjà hivernale. Je me dis que Piotr est peut-être en train de réparer sa vieille barque ou bien de consolider la clôture. Je m'habille, sors sur le petit perron en bois et je le vois. Un clou serré entre ses lèvres, il en plante un autre en fixant une planchette à l'angle de sa maison. Je fais quelques pas et je distingue les caractères qui y sont alignés, d'un bout à l'autre. L'inscription, au feutre bleu, marque le bois fraîchement raboté : *Rue du Lieutenant Schreiber.*

Durant six heures de vol, au retour, de la Sibérie à Moscou, j'ai le temps de me rappeler bon nombre de villes, bourgades et villages que Jean-Claude a libérés à bord de son char, entre la Provence et l'Alsace. Je sais que pas une rue, pas une place dans ces localités amnésiques ne porte le nom du soldat.

Un arbre brûlé

À Paris, le jour de nos retrouvailles, à la fin d'octobre, il fait presque chaud. Un vent du sud, gorgé de soleil, brosse un mouvant tableau d'été – une foule en manches courtes, les terrasses pleines, l'animation d'un samedi (ou bien ce sont déjà de nouvelles vacances ?)

Jean-Claude vient de m'appeler sur mon portable pour dire qu'il serait un peu en retard. Je m'installe dans un café, à quelques pas de chez lui – je ne l'ai jamais attendu ainsi : son immeuble m'apparaît dans une vision étrangement distancée, comme repoussé vers des années très anciennes de ma vie. C'est cela, une autre époque, celle de la publication de son livre, de notre attente…

Je ne remarque pas tout de suite son arrivée. À cause des travaux dans sa rue, le taxi le dépose à une cinquantaine de mètres du portail. Je le vois quand il a déjà payé le chauf-

199

feur et qu'il s'engage dans le va-et-vient des passants.

C'est son costume noir qui le rend tout de suite visible – sans doute revient-il d'une cérémonie, probablement des funérailles. Je me rappelle ce qu'il m'a dit, un jour : « À mon âge, les lettres qu'on reçoit sont le plus souvent des faire-part de décès. D'ailleurs j'ai parfois l'impression d'avancer à travers une forêt d'arbres morts... »

Au milieu de la foule à l'allure méridionale, sa silhouette ressemble plutôt à un arbre brûlé par un incendie.

Je laisse passer une dizaine de minutes avant d'aller le rejoindre. Le temps de discerner en moi l'écho de ses paroles, leur lenteur, leur force.

En entrant, je l'aperçois dans le petit couloir qui prolonge le salon de son appartement et dont les murs sont ponctués, çà et là, de photos. Il est en train, justement, d'en raccrocher une – mais l'anneau du cadre refuse de passer au crochet. En fait, j'arrive au moment où ce geste devient exaspérant – allez donc viser ce maudit crochet avec le minuscule lasso de l'anse !

Il se retourne, me salue avec un sourire un

peu confus et, sans renouveler sa tentative, repose la photo sur la table du salon… D'un coup d'œil, je reconnais ce cliché dans son vieux cadre en bois. Une ville allemande, des voitures militaires au second plan, cette jeune femme en uniforme. C'est celle que, en mai 45, le lieutenant Schreiber a retrouvée dans un Paris festif où tout lui paraissait si étranger…

Jean-Claude pousse un léger soupir (ah, ce crochet, pire qu'un bilboquet !). Mais ce regret, je le sais, a un tout autre sens.

Il m'offre un verre, s'assied, se verse un fond doré de whisky, reste un moment sans bouger, le regard porté vers l'ondoiement des branches derrière les fenêtres. L'entrebâillement de la porte du balcon laisse parvenir le bruit d'un téléviseur – le brouhaha d'un stade avant un match, la voix excitée d'un commentateur qui se dit certain que « ce soir, des millions de Français vont vibrer… »

Le vieil homme se lève, pousse la porte, émet un petit rire, avec une crispation de tristesse : « Pauvres gens, ils n'ont plus que ça pour vibrer ! Comment peut-on abrutir un peuple à ce point ? »

Il se rassied, l'air un peu bougon, mais déjà parodiant, par jeu, cette attitude : « Pardonnez-moi, je fais mon vieux ronchon. C'est qu'il y a des moments où ces bêtises blessent plus que d'habitude… »

Les yeux mi-clos, il revient peu à peu vers ce détachement qui, tout à l'heure, le rendait si différent de la foule bronzée : un homme aux cheveux blancs, ce costume noir – « un arbre brûlé »…

Sa voix devient plus sourde : « Ce qui m'a frappé, tout à l'heure, au cimetière, c'est la facilité avec laquelle s'efface une vie. Une dalle, un nom et, pour un badaud qui passe dans l'allée, il s'agit d'une tombe pareille aux autres. En fait, l'effacement commence bien avant. Une vieille dame marchait dans la rue, les gens passaient, la doublaient, embêtés de devoir contourner cette ombre qui avançait trop lentement. Et tout le monde se moquait de savoir quelle avait été sa vie, sa jeunesse. À part quelques proches, personne ne savait que pendant la guerre, infirmière, elle avait sauvé des centaines de blessés, entre Toulon et Strasbourg… »

Il y a dans sa façon de parler la tension de celui dont la voix essaierait de couvrir la rumeur d'un grand vent ou de s'imposer face à l'hostilité d'une multitude. Malgré les fenêtres fermées, la rumeur de la télévision chuinte, un bruit de fond mêlant les scansions hurlantes des supporters et le glapissement hystérique du commentateur. Oui, le cri de la foule qui « vibre ».

« Et d'ailleurs comment raconter cette vie qui était la nôtre ? Vous vous souvenez, j'ai parlé dans mon livre du général Picard ? Il y a une semaine, j'ai relu ces pages… J'ai eu envie de les arracher ! »

… Mai 1940. Sur l'ordre du lieutenant-colonel Poupel, l'aspirant Schreiber doit retrouver le QG de la division qui, suivant les mouvements chaotiques du front, se déplace d'une localité à l'autre. Enfin, à la nuit tombante, il réussit à repérer le QG installé dans une épicerie. Il se présente au général, lui transmet le message dont il est chargé : la perte dans les combats d'une trentaine de chars. La réponse le fait douter de la réalité de ce qui se passe. « Que voulez-vous que ça me foute ! » Le général est dans un état d'ébriété flagrant, son képi a glissé sur une oreille, ses yeux distinguent à peine ce jeune aspirant dressé devant lui…

« À vingt-deux ans, la scène m'a fait l'effet d'un coup de massue sur la nuque. Cette nuit-là, quelque chose de moi s'est écroulé. Et c'est en perdant mes certitudes que j'ai compris combien je croyais à l'honneur militaire, aux valeurs de l'héroïsme et de l'abnégation. En fait, c'étaient les idées auxquelles a toujours tenu mon père... Dans mon livre, j'ai parlé du général Picard comme d'un ivrogne pittoresque et pitoyable. Et pourtant... J'aurais dû expliquer que nous étions trahis. Le plan de bataille que le général avait prévu était très bien réfléchi, je le sais maintenant. Sauf qu'il n'y avait plus aucun commandement d'ensemble. Et Picard a vu que son offensive se transformait, pour les bidasses, en un casse-pipe où nos chars brûlaient par dizaines. Il a donné l'ordre de ne pas bouger pour arrêter le carnage et... il a craqué. Oui, j'aurais dû l'écrire. Mais j'ai cru que ça allait être trop long, trop compliqué à comprendre pour un lecteur d'aujourd'hui. J'ai donc conté l'anecdote : un général ivre. Pour amuser la galerie, c'est pas mal, non ? »

Il se penche vers la table basse, attrape son livre égaré au milieu des journaux, le retourne pour voir la quatrième de couverture...

« Et là, vous voyez, on a écrit : l'antisémitisme de l'armée française. Ce n'est pas à cent pour cent faux. J'ai croisé quelques officiers qui détestaient les Juifs. Mais il y avait aussi Poupel, le commandant de notre 4ᵉ cuir. Lui, emprisonné par les Allemands, a réussi à faire passer une lettre où il demandait pour moi une décoration, parlant de mes faits d'armes. Imaginez, faire ça, pour un Juif, depuis le baraquement d'un camp nazi ! »

Il le crie presque. Puis, baissant la voix : « Bien sûr, j'aurais pu le raconter aux journalistes, si... »

Sa phrase reste inachevée. Le vieil homme devine que son ton pourrait être interprété comme un signe de rancœur ou une sollicitation déguisée et, désormais, parfaitement vaine.

Un pli de dureté fige ses lèvres, son regard s'aiguise – ceux qui ont lâchement ignoré son livre auraient été dévisagés ainsi. Il ajoute d'une voix neutre, qui ne s'adresse plus à tous ces indifférents :

« Je ne suis pas un écrivain. Sinon j'essaierais de dire ce que j'ai éprouvé au moment où le lieutenant-colonel Poupel me donnait l'ordre d'aller rechercher l'un de nos escadrons derrière les lignes allemandes. Je l'avais déjà fait, quelques jours auparavant, seul, à moto. Il fal-

lait refaire la mission, dans une direction différente. Une tâche clairement suicidaire, on en
réchappe une fois, pas deux. Poupel le com-
prenait, il savait qu'il m'envoyait à la mort.
En me donnant l'ordre, il s'est mis à pleurer.
J'en étais bouleversé ! C'était un officier qui
avait fait 14-18, un soldat aguerri, un dur. Et
il a pleuré ! J'ai enfourché ma moto, je suis
parti... À l'entrée d'un village, j'ai presque
frôlé un groupe de soldats allemands, je les
ai entendus parler... J'ai retrouvé l'escadron
perdu. Je suis revenu sain et sauf. Un coup de
chance. Et finalement, je n'ai jamais su dire
ce que ressent un troufion de vingt-deux ans
en voyant les larmes couler sur les joues d'un
vieux guerrier qui a depuis longtemps désap-
pris à pleurer... »

Le regard de Jean-Claude se voile de ces
larmes-là, les larmes d'un autre, ses paupières
rougissent légèrement et, d'un geste pour
lui inhabituel, il tire le nœud de sa cravate,
relâche le col de sa chemise. Comme s'il voulait se débarrasser de cet habit civil et retrouver son uniforme de mai 1940.

Il se lève d'un élan brusque, se détourne,
l'air de vouloir examiner l'une des photos accrochées au mur. Lentement, il passe

d'un cliché au suivant, rencontrant ces jeunes visages... Devant un objectif, les soldats sourient toujours, même si, juste après cette prise de vue, il leur faudra mourir. C'est cela qui donne parfois aux archives de guerre ce côté presque enjoué...

Son regard fait revivre ces fragments du passé et son attention laisserait croire qu'il est en train de dire adieu à ses camarades photographiés. Il est conscient qu'à son âge il n'aura plus l'occasion d'évoquer leurs destins. Privés de ses paroles, ils se figeront, comme sur ces photos, dans de vagues silhouettes anonymes.

« Les jeux sont faits, me dis-je. Son livre envoyé au pilon. Aucune trace dans la presse. Aucun écho venant d'éventuels lecteurs. Plus la moindre chance de dire ce que ses compagnons d'armes ont vécu et comment ils sont morts. »

Le sentiment d'injustice est insupportable. Un paradoxe : tout un flot de bavardages et d'images qui se déversent quotidiennement des journaux, des radios, des écrans – et pas une ligne, pas un mot qui rendrait compte de ces soldats sur le point de s'effacer dans l'oubli. Des millions de couvertures lustrées, des clones innombrables, féminins ou masculins, étalant toujours la même obscénité de la mode, des vacances, des sports, du showbiz – un ignoble égout qui impose aux milliards d'humains décérébrés ce qu'ils doivent penser, aimer, convoiter, ce qu'ils doivent apprécier ou condamner, ce qu'ils doivent savoir de l'actualité, de l'histoire. Le seul but de cette entreprise de crétinisation est le profit, on le sait, déguisé sous le nom de « tirages », de « parts d'audience ». Ce système (Léon Bloy disait : « putanat ») a ses prophètes. L'un d'eux déclarait quelque chose comme : « Mes émissions servent à vider les cerveaux pour les rendre disponibles à la publicité de Coca-Cola ». Eh oui, la publicité à la télévision, cher Jean-Claude, rappelez-vous...

Non, la vie du lieutenant Schreiber n'est pas compatible avec ce système-là !

Le vieil homme prend la photo posée sur la table du salon : une jeune femme en uniforme, une ville allemande, une rangée d'arbres nus. Il regarde longuement cette vue, essuie le verre du cadre, puis l'accroche au mur – cette fois, l'anse trouve le crochet sans hésiter – et il reste quelques secondes immobile, les yeux fixés sur le petit rectangle gris.

Je repense au « système », à cet étouffoir

qui a réussi à faire taire la voix du lieutenant Schreiber. Tous ces lâches qui ont escamoté son livre devraient lire juste cette phrase du *Journal des Marches du 4e Cuirassiers* : « Jeudi 30 mai. Les chars, sous les ordres du commandant Marchal, reçoivent une mission de sacrifice : celle de continuer à combattre pour protéger l'embarquement de l'Armée du Nord… »

Vous, maîtres du « putanat » médiatique, amateurs de cerveaux bourrés de déchets télévisuels, essayez de comprendre ce que signifient ces mots ! Des hommes, en majorité très jeunes, allaient donner leur vie pour que leurs camarades puissent survivre et reprendre le combat. Pour que puisse survivre leur patrie.

Cet appel à la conscience serait une vaine invocation anachronique, si l'un de ces soldats, le lieutenant Schreiber, ne vivait pas encore parmi nous. C'est ce même soldat qui, en hiver 44, sous le sifflement de la mitraille, descendait de son char et sauvait deux camarades grièvement blessés. Le même qui, en acceptant l'une de ces missions de sacrifice, derrière les lignes ennemies, a vu son commandant pleurer…

Jean-Claude a fait le tour de sa petite collection de photos de guerre. Celle qu'il regarde à présent date du mois de juin 1940 : ses camarades, les « orienteurs », le lieutenant-colonel Poupel, au centre, et aussi ce soldat de grande taille dont le vieil homme a oublié le nom... Désormais, cet oubli n'a plus d'importance. Les indifférents ont gagné.

Je quitte mon ami et rentre à pied, en traversant Paris du sud au nord. Le soir est tombé, apportant une humidité d'automne après l'illusion estivale du jour. Dans les bribes de conversation, entre passants, se fait encore entendre l'excitation du match qui vient de se terminer, des noms de footballeurs, des avis sur le score...

Tout à l'heure, après avoir fait mes adieux à Jean-Claude, je me suis arrêté dans la cour, me suis retourné. Le vieil homme était sorti sur son balcon et, dans la luminescence vague du crépuscule, j'ai distingué sa silhouette et, au moment où il regagnait son appartement, son profil qui s'est découpé nettement sur la blancheur du mur...

À présent, le souvenir d'un vieux tableau, vu dans mon enfance, me revient – une colonne de soldats, en plusieurs rangs, vus de dos, anonymes. Ils s'en vont dans la nuit, on ne voit d'eux que le drap rude de leurs capotes, les angles massifs des épaules, leurs casques qui reflètent un incendie lointain mais dissimulent les visages. Dans ce monolithe humain, un seul reflet personnel – ce soldat-là : il a tourné légèrement la tête vers nous, comme s'il attendait notre regard, une parole. Encore une seconde et il va se détourner, uni à l'anonymat de la colonne. Un peu comme le lieutenant Schreiber, me dis-je, qui nous a adressé un signe, a attendu une réponse et qui s'en va, à présent, dans la nuit de son passé. Et toute la colonne de soldats s'apprête à dis-paraître dans la nuit...

En marchant, je commence à me rappeler, un à un, ces noms que Jean-Claude citait dans son livre et dans nos longues conversations. Je le fais en désordre, sans plus respecter les grades, l'appartenance à tel ou tel régiment, la chronologie des batailles auxquelles ces guer-riers ont pris part : le capitaine parachutiste Combaud de Roquebrune, le colonel Desa-zars de Montgailhard, le lieutenant-colonel Poupel, le général de Beauchesne, l'aspirant Maesen, le capitaine de Segonzac...

Dans ma traversée de Paris, chacun de ces noms correspond à une rue, à un carrefour, à un quai... Je suis certain que Jean-Claude aurait aimé faire cette promenade nocturne, en lançant des appels à ces hommes dont son livre n'a pas réussi à sauver la mémoire. Le lieutenant Ville, l'aspirant Py, le capitaine de Pazzis... Et aussi ceux qui, en mai 1940, à Malo-les-Bains, ont reçu une mission de sacrifice. Lieutenants de Vendières, de Ferry, maréchal des logis-chef Le Bozec, cuirassiers Auvray, Baillet, Péan, Le Bannier...

Je finis presque par croire à la possibilité d'une telle balade, avant de me souvenir de l'âge du vieil homme et de sa fragilité. D'ailleurs, que restera-t-il de ces noms chuchotés dans la nuit ? Puisque même un livre ne les a fait survivre que pendant quelques mois... Non, l'aventure est finie. Jean-Claude doit le penser maintenant, rencontrant le regard des vieilles photos sur les murs. Tous ses anciens camarades vont bientôt rejoindre la colonne de soldats, sans noms, sans visages.

Un pays oublié, me dis-je. Un pays qu'on n'entend plus à travers la logorrhée des « communicants », la morgue des « experts », les verdicts de la pensée autorisée. Un pays rendu invisible derrière les hologrammes des mascottes « pipôlisées », frétillantes idoles d'un jour, clowns de la politicaillerie scénarisée. Un pays mis en veilleuse mais dont la vitalité se devine encore dans les failles qui percent l'étouffoir : un éditeur qui ose publier un livre imprudent, un journaliste qui, se rappelant la noblesse de son métier, se révolte et, traîné devant un tribunal, réussit à dominer ses inquisiteurs. Un vieil homme qui, négligeant la quiétude d'une confortable retraite, engage son dernier combat pour défendre l'honneur de ce pays oublié.

La France du lieutenant Schreiber.

Un message

Il m'arrive souvent d'imaginer Jean-Claude réveillé, la nuit, par ses souvenirs. En rêve, il doit parfois entendre les échanges radio dont le grésillement lui parvenait dans son char... Un message en allemand, entre deux blindés ennemis qui allaient l'attaquer. Puis, l'avertissement que lui envoyait un tankiste américain : « *Hey, Frenchie, take care ! There are two Panther tanks coming down to you...* » Oui, fais gaffe, Frenchie, deux Panthers foncent sur toi !

Ces voix s'éteignent, le vieil homme reste un moment sans sommeil – étonné de la clarté avec laquelle la vérité de cette ancienne vie surgit devant lui : deux communications radio, à quelques secondes d'intervalle, ont suspendu son destin au-dessus de la mort. Son nouveau sommeil est un bref assoupissement, suffisamment léger pour ne pas déformer l'âpre réa-

lité qui renaît : un jeune officier s'extrait de
la tourelle de son char et, à travers le bruit
multiple du combat, crie de toutes ses forces :
« Leper ! Catherineau ! Tenez le coup ! » Une
longue trace de sang dans la neige, ces deux
soldats blessés, son effort pour les entraîner
vers son char et… Soudain, cette lenteur, cette
faiblesse, comme si dans son songe le jeune
lieutenant se transformait en ce vieillard qui
tente vainement de raconter un passé que personne ne veut plus connaître.

Je devine aussi qu'au plus profond de ces
nuits amères, le vieil homme doit regret-
ter de ne pas avoir pu exprimer la vérité de
cette autre vie dont il avait, jadis, entrevu la
lumière. Cette matinée d'automne, ensoleillée
et venteuse, une chambre d'hôtel, dans une
ville où chaque pas pouvait devenir fatal et,
mystérieusement, une sérénité infinie, la certitude d'être arrivé à l'essentiel de sa vie. Le
même sentiment dans cette ville allemande,
dans une nuit encore secouée d'explosions et
où une femme inconnue, en quelques mots,
lui avait offert une paix jamais aussi profondément éprouvée. Il s'était alors senti étranger
– non pas vis-à-vis de cette jeune Allemande

mais dans le monde rempli de haine et de mort. Aussi étranger qu'à son retour à Paris, en mai 45, au milieu d'une fête des oublieux. Une femme, une infirmière qui avait sauvé des centaines de vies, allait lui faire comprendre que vivre à l'écart de la foule n'était pas une malédiction mais une promesse, le début d'une voie.

Je me rappelle qu'un jour, en évoquant le pressentiment de cette voie, le vieil homme m'a dit avec un sourire un peu désemparé : « Mais pour le raconter, il faudrait écrire un tout autre livre… »

Les paroles de Jean-Claude résonnent en moi durant les semaines qui, après notre récente entrevue, reprennent leur course habituelle. J'hésite à l'appeler, de peur d'éveiller en lui l'aigreur de l'échec. Après tout, c'est bien moi qui l'avais poussé vers cette aventure livresque. Je me dis qu'il va falloir patienter, attendre un moment propice. Le temps, par son entêtement abrasif, finit par faire disparaître les encoches les plus brutalement creusées dans notre mémoire.

Arrive enfin ce soir de février – une chute de neige efface la grisaille de l'hiver (tout en provoquant une catastrophe nationale, comme toujours quand quelques centimètres de neige recouvrent le macadam parisien). Je marche en choisissant des petites rues où ce blanc n'a pas encore été écrasé par le va-et-vient des voitures. Étrangement, certaines de ces rues sont désormais liées au souvenir de ma dernière et déjà lointaine rencontre avec Jean-Claude, à ces noms de soldats que je prononçais silencieusement dans ma traversée de Paris.

En rentrant, je trouve sur mon répondeur un message : « Je viens de me rappeler le nom de ce gars, vous savez, sur la photo, l'un de mes camarades orienteurs du 4ᵉ cuirassiers. Celui qui a été tué près de Dunkerque... Si vous avez un moment, passez me voir, je vous parlerai de lui. Et aussi de cette jeune inconnue, à Baden-Baden... »

Le message a été coupé à cet endroit. Sa tonalité est d'un timbre sonore et comme rajeuni. Oui, une intonation de jeune homme.

C'est sans doute ainsi que devait résonner, jadis, la voix du lieutenant Schreiber.

Table

I
Un siècle, une vie

II
Ses trois guerres

III
L'étranger

IV
La guerre des mots

V
Son ciel à lui

VI
Au-delà des mots

Composé par PCA à Rezé

CET OUVRAGE
A ÉTÉ ACHEVÉ D'IMPRIMER
SUR ROTO-PAGE
PAR L'IMPRIMERIE FLOCH À MAYENNE
POUR LE COMPTE DES ÉDITIONS GRASSET
EN DÉCEMBRE 2013

Grasset s'engage pour
l'environnement en réduisant
l'empreinte carbone de ses livres.
Celle de cet exemplaire est de :

550 g éq. CO_2

PAPIER À BASE DE   Rendez-vous sur
FIBRES CERTIFIÉES   www.grasset-durable.fr

N° d'édition : 18167 – N° d'impression : 86090
Première édition, dépôt légal : janvier 2014
Nouveau tirage, dépôt légal : janvier 2014
Imprimé en France